# जिधर कुछ नहीं

देवी प्रसाद मिश्र

# जिधर कुछ नहीं

राजकमल प्रकाशन

ISBN : 978-93-93768-44-5

**मूल्य :** ₹495



**पहला संस्करण** : 2022

**प्रकाशक :** राजकमल प्रकाशन प्रा. लि.
1-बी, नेताजी सुभाष मार्ग, दरियागंज
नई दिल्ली-110 002
द्वारा प्रकाशित

**शाखाएँ :** अशोक राजपथ, साइंस कॉलेज के सामने, पटना-800 006
पहली मंजिल, दरबारी बिल्डिंग, महात्मा गांधी मार्ग, प्रयागराज-211 001
36 ए, शेक्सपियर सरणी, कोलकाता-700 017

वेबसाइट : www.rajkamalprakashan.com
ई-मेल : info@rajkamalprakashan.com

**मुद्रक :** यश प्रिंटोग्राफिक्स
ग्रेटर नोएडा-201 310 (उत्तर प्रदेश)

JIDHAR KUCHH NAHIN
*Poems* by Devi Prasad Mishra

**चित्र और रेखांकन** : हेम ज्योतिका
**मूर्त्तिशिल्प** : उद्भव मिश्र

## यह कविता

**यह एक लम्बी कविता है।**

**यह एक ही कविता है।**

**अलग अलग पृष्ठों पर इस लम्बी कविता के अनुच्छेद या पैराग्राफ़ या छंद या उनका समुच्चय कई दफ़ा अपने आप में पूर्ण दिख सकते हैं लेकिन हैं वे एक ही कविता के क्रमिक टुकड़े जो कविता की कथा—यदि यह माना जाय कि कविता में कोई कथा है जो अन्तर्ग्रंथित रूप में है भी—को धीरे धीरे आगे बढ़ाते हैं। अगर बहुत सीधे कहा जाय तो इस कविता का आदि, मध्य और अन्त है जिसे कविता के पाठ के क्रम में महसूस किया जा सकता है। पाठ में इस क्रम को तोड़ना कविता के कथात्मक आस्वाद, पूर्णार्थ (यदि ऐसी कोई चीज़ होती हो) और निहितार्थ से काफ़ी हद तक वंचित रहना होगा।**

**बात को थोड़ा साफ़ करना हो तो कहना होगा कि कुछ पेजों पर कविता का बहुत छोटा अंश आता है जबकि कुछ अन्य पृष्ठों पर ज़्यादा पंक्तियाँ आती हैं जो मोटे तौर पर किसी एक भावात्मक अवस्थिति पर एकाग्र होने के तर्क से अगले पेज तक भी चली जा रही हैं। किसी पेज पर ज़्यादा पंक्तियाँ आती हैं जो सक्रमता में अगले पेज तक चली जा रही हैं: इसकी वजह यह है कि वे एक ख़ास भावबोध को वर्णित कर रही हैं और उन्हें उनकी सततता में एक जगह रखना ही उचित है।**

### इस कविता के पात्र और कविता का कथा सार

**इस लम्बी कविता में चार पात्र हैं—मैं है जो वृत्तांत की ज़िम्मेदारी**

उठा रहा है। जल्दी ही मैं इस दायित्व को वह को सौंप देता है जो हो सकता है मैं का ही विस्तार हो। अपनी वाचक भूमिका निभाने के बाद जब वह का अन्तर्यात्रा में विलय हो जाता है तो मैं फिर से आता है और पुरुष से एक स्त्री में बदलती ट्रांसजेंडर-परालैंगिक-कलाकार से मिलता है। वे दोनों आगे बढ़ते हैं और क़ैद से मुक्ति का प्रबोध पाने के लिए लाइब्रेरी में सेंध लगाते हैं। वहाँ वे दोनों मिलते हैं एक स्त्री से जो भागकर लाइब्रेरी में आकर छिपी बैठी है। वह स्त्री प्रकृति है या पृथ्वी या विश्वविद्यालय की छात्रा या किसी गाँव की युवती या मजूर या ज़ाहिरा या अभिव्यक्ति नाम की कोई बदहवास लड़की, बूझ पाना आसान नहीं है। इनमें से कुछ भी होने का हक़ उसके पास है।

हो सकता है यह कविता भारतीय हिंसा का संक्षिप्त इतिहास सरीख़ी भी हो। अ ब्रीफ़ हिस्ट्री ऑफ़ वायलेंस।

इस कविता का मंच

पूरा भारतीय भूखंड या पूरी सृष्टि ही इसका थिएटर और मंच है। फिर भी कविता का बड़ा हिस्सा घटित होता है किसी लाइब्रेरी के आभास के बाहर, आसपास या उसके भीतर।

कविता को पढ़ने के बाद

इस कविता को पढ़ लिये जाने के बाद मैं एक कवि के तौर पर आपको इस किताब से मुक्त नहीं करता: कविता लिखने की प्रक्रिया में कविता को ख़त्म करते न करते मेरे मन में जो बातें आयीं, उन्हें मैंने जस का तस लिख दिया और किताब के अख़ीर में उन्हें उत्तर कथन के तौर पर रख भी दिया। उत्तर कथन में कही गयी बातें लिखी तो गयी हैं इस कविता के आलोक में लेकिन न तो वे इस कविता का अर्थ समझाती हैं और न ही इसका क्लास रूम पाठ करती हैं। वे कठिन समय और उससे निकलती रचना के बीच के सम्बन्ध को समझने की कोशिश करती हैं।

**उन नियंत्रकों को जो प्रतिकार की महत्ता कम नहीं होने देते और**

**उन विपत्तियों को जो उपाय का संधान रुकने नहीं देतीं**

भाषा जब ट्रॉल और सर्वानुमति के
दो ध्रुवांतों में नष्ट हो रही थी
वृत्तांतों के उजाड़ में
एक और बोली खोजने का बियाबान था मैं

मोहम्मद रफ़ी को गाते हुए
और इब्ने सफ़ी को पढ़ते हुए मैं बड़ा हुआ था
विनोद, हामिद और क़ासिम की
बिहँसते हुए हत्यारों को खोजने की
सूझ और प्रतिभा से आप्लावित
बारिश में भीगते हुए विटामिन बी ट्वेल्व
और धूप में घूमते हुए डी थ्री मुझे मिलता था

परिवार ईश्वर स्कूल और सृष्टि से मैं नाराज़ रहता था

अपराध की खोज में नींद में घूमती निरुपायता
सशंक निर्भयता अंत:करण की
व्यथा बहिष्कार की
तबाह होते समाज की आत्मकथा
डूबते जहाज़ का अजूबा
अ-डूबा मस्तूल मैं
सत्तानुकूल नहीं, नागरिक प्रतिकूल

**संगीत मेरी बेदख़ली**
**और उजाड़ था**

**छूट गये**
**रुके हुए रेलगाड़ी के**
**डिब्बे को देखती हुई**
**माँ को देखते हुए मेरा**
**डर बड़ा हुआ था**

पहाड़ों के उस पार
जाता हुआ कि
उस पार भी
इस पार की
मलामतें न हों

**द्रोह, असहमति, सेक्सीय पाप और आत्मा के आलाप**
**के रहस्यों से उत्तप्त, अवनत और लथपथ**
**निर्भीक और भयभीत**
**मैं पड़मुत्तन था**
**मेरे पास अशांत उजाड़ का विग्रह**
**और विघटन था**

**पुस्तकालयों में बैठा मैं पुस्तकों के**
**पार जाता रहता था इस संसार को ढहाकर**
**एक और संसार बनाता रहता था**

एक पुस्तकालय भीतर था
किताबों से ख़ाली गूँज से भरा

मेरे अंदर अधूरेपन की गूँज का सन्नाटा था
भाषा को बरतना हमको कितना कम आता था
अपनी असमर्थता में मैं विटगेन्स्टाइन का हाथ थामता था :
शब्द का अर्थ उसका उपयोग है

निजी नहीं है भाषा,
भाषा जनता है

**लाइब्रेरी के पीछे जाकर जहाँ एक स्त्री चाय बेचती थी**
**और काँच का गिलास पकड़ाते हुए बेदख़ली**
**और भारत की सामाजिक विफलता की कोई कथा कहती रहती थी**
**मैं सोचता कि कविता**
**लिखना कब आसान होता**
**है**

मुझे मंटो बुलाता है
कि सीधे बात कह दो
गजानन ने मुझे आवाज़ दी है—
विकल होना जटिल होना

**मैं सरल होने की संश्लिष्टता था और**
**गुफाओं में छिपी**
**प्रागैतिहासिक नग्नता का एकायामी भित्तिचित्र**

**कई बार मैं असहमत अख़्मातोवा की**
**काली-सफ़ेद फोटुएँ देखकर लौटने लगता**
**ब्रेड पकौड़ा खाकर गन्ने का रस पीता**
**और उसका मीठा मारने के लिए**
**उतनी ही मीठी चाय पीता और फिर**
**भुख्या अधजगी नींद में ऊँघता हुआ चलता हुआ**
**अप्राप्य प्रेम के संसार का स्वप्न देखता**
**जिसे खोने की ट्रैजेडी**
**और विकलता से भर उठता**

**मैं रूमी के किसी चौपदे की कौन सी बहर था**
**मानवीय सम्बन्धों के सूखते लैंडस्केप में अपना लवर था**
**अपने लिए अपना सेक्स वर्कर**
**स्त्री और पुरुष में विभाजित मैं ही हसीना**
**और मैं ही अपने को दाँत काटता पसीना**

मुझमें ही वाम
अवाम और वामा

(मैं मनुष्य होने की दिक़्क़त भी था :
युद्ध और अहिंसा, विवेक और विग्रह, आधिपत्य और प्रतिकार
संगीत और प्रतिहिंसा, परानुभूति और क्रूरता
लालसा और वैराग्य, एकांतिकता और समूह की
चिप लेकर घूमता था)

एक निर्वासित और अपने नियंत्रण से बाहर जाती ख़ुदी में
छिपी थी एक वक्र काएनात        होटल हयात
के सामने से एक बजे रात
ढाबे से लौटता हुआ 21वीं सदी का आविष्ट चंद्रापीड
देखता था निरुपाय अभिजनत्व का पिरामिड

मैं शहर के बाहर आता
और अंग्रेज़ों के बनाये सूखते ख़ून के रंग के पुल पर
नदी के ऊपर खड़ा हो जाता
जिसमें शहर भर का गू मूत जाता हुआ देखता
अपनी नागरिकता को कोसता
और एक और दुनिया पाने की उदग्र आतुरता में
सूखती नदी में कूदने की सोचता

कौन-सा पुल था वह कौन-सी नदी
किस विपत्ति की थी वह कौन-सी सदी

पुल के शुरू में चाय देती स्त्री-सी थी नदी
जिसे मर्दाना तौर-तरीक़ों से
निषिद्ध किया जाता था
बाँध रोकते थे        आह
इसमें शामिल होते थे ठेकेदार राजनीतिज्ञ,
विशेषज्ञ, कारपोरेट, बाबा, हत्यारे, नौकरशाह—

यही लोग करते थे स्त्रियों को बाँधने का काम
इच्छाओं पर कितने ही
अल्प विराम        अर्ध विराम
पूर्ण विराम

शाम
एक बुरा प्रहर था
साथी विहीनता का

कामना में भस्म
शामे ग़म की क़सम......

अपने बियाबान का मैं गुमशुदा तलत था
लपटों को लपेटे
सौंदर्य के साठ डिग्री सेल्सियस के सामने
थूक न निगल पाता हलक़ था

प्रेम की आवासीयता का वास्तु ग़लत था

एक ऐसे शहर में जहाँ चरित्र का वज़न नापने वाली
मशीनें जगह-जगह रखी थीं मैं
तू कहाँ मैं यहाँ के बंबइया छायावाद में चला गया
और फिर कोणार्क की वासनाओं के आर्क में
जहाँ पत्थर के यक्ष-यक्षिणियों को देखते हुए
यह सोचता रहता कि कैसे काया को
ज़ाया
न किया जाय

ऐंद्रियता के पत्थरों के नीरव रहस्यों से लौटते हुए
धान रोपती स्त्रियों को देखते हुए
लग गया कि मुक्ति के लिए
वे
नारीवाद की चौथी या पाँचवीं लहर की तरफ़
देखने का विकल्प नहीं थीं
चरित्र का प्रमाण पत्र लेकर खड़े होने का वे विवर्ण थीं
दोहरा सर्वहारा तो पुरानी बात है
छठ पूजा का पाँचवाँ वर्ण थीं
और इस्लाम की यौद्धेय पौरुषेय जिंसीय
मध्यकालिक रणनीति की बोतल में बंद
तमतमाया जिन्न

जेब में अठन्नी से चवन्नी टकराती
ठन्न
घूमता था खिन्न
ख़ुद से दूर और भिन्न

कविताओं की आहटों के आसपास होना अंधकार को जानने
और इसलिए दरिद्र बने रहने की अर्हता हासिल करते जाना था
रोड्स स्कॉलरशिप जैसी किसी चीज़ के लिए नहीं
जिसकी योग्यता मुझमें तब से थी जब मैं पाँच साल का था
लेकिन इसी बदकार अहंकार ने मेरा सर्वनाश किया
कि मैं जानता हूँ हिन्दुस्तान को क्योंकि मैं कैसे कह पाता कि
मैं नहीं जानता जम्बूद्वीप को पूरे महाद्वीप को
क्योंकि और किस प्रक्रिया में होता कि ज़्यादा जान पाता
आर्यावर्त्त को
उसके आवर्त्त को
पर्त्त के बाद की पर्त्त को
संवर्त्त को

**बहुमत के सब्ज़ीबाज़ार**
**और मीडिया के फिशमार्केट में खड़ा था मैं**
**न्याय पाने की ग़फ़्लत में**
**ख़ुद को तबाह करने की ज़िद पर अड़ा था**

**मैं जाते हुए आता था और गाता था :**

कुछ निराला-सा कि कुछ-कुछ काफ़्का-सा
मोड़ पर पहुँचा कि कितना हाँफता-सा
लग रहा हर बार कविता में
कि मैं कितना नया हूँ

कि मैं कुछ मोड़ने और तोड़ने का हूँ इशारा
अगर मौक़ा मिले तो मैं रचूँ दुनिया दोबारा
घोंसला फिर से बनाती-सी बया हूँ
अकेला पड़ गया हूँ

## कवि, दार्शनिक और संन्यासी एक जगह पर बहुत दिनों तक नहीं रह पाते

निराला ने कहा है :
वह लिखो जो चोट से निकला हुआ सच हो
कि यह रैदास का धीमा-सा स्वर है :
सब मिटेगा सच रहेगा। कि धूमिल कह रहे हैं
पीर सहकर चीर दो जनतंत्र को                जो फ्राड है
जो गॉड है
वह एक धक्के में ही ढहता है
झूठ की आदत-सा जो हम
सब में रहता है

मैं घूमता रहता था नगर के अंदर
के अंदर
के अंदर
के अंदर

परिव्राजक की तरह भाई का कमर पर
तीन-चार बार मोड़ा पैंट पहनकर

डोलता रहता था
और जिसे विज़डम कहते हैं
उसका कोई मोल नहीं लग पाता था
मैं अपने भांजे तक को नहीं बदल पाता था

मैं बेज़ार था
कि हिन्दुस्तान क्यों इतना सना था
इस तरह किस तरह कैसे बना था

दो जेबों में अलाव औ बदलाव रखे थे
तुड़ी मुड़ी बीड़ी को बजरंग बली माचिस

**इतनी हताशा थी कि मेरी बचपन की नदी**
**सई**
**के अलावा मेरे भीतर**
**एक सिनिकल- सी स्त्रोतस्विनी**
**कर्मनाशा थी**
**और निराला का वह भग्नहृदय वाक्य**
**कि हो इसी कर्म पर वज्रपात**
**अगर कुछ नहीं ही होना हो            तो**

**हो हो करके हँसते हुए प्रेम की संभावना वाली लड़की**
**मेरा बोझ और ओज**
**और गुम हवास और उसाँस**
**और झोला झोला पैंट देखकर कहती थी**
**कि इसीलिए तुमको लोग कूरियर वाला समझते हैं**
**और बस थोड़ा दरवाज़ा खोलकर**
**पल्ले बंद कर लेते हैं**

मेरे हाथों में कुछ लिफ़ाफ़े हैं
मैं पते खोजता बरीद हुआ
मैंने पूछा कि ये झगड़ा क्या है
रंज से मैं उठा  फ़रीद हुआ
मुठ्ठियाँ बाँधकर सबसे आगे
मैं नहीं था मगर शदीद हुआ

था मैं डाकिया
अपने संचित को बाँटता
पहुँचाता जगह-जगह संदेश के लिफ़ाफ़े
जो खोले नहीं जाते

**वह मुस्कुराती थी**
**और फ़्लाइंग किस देकर ग़ायब हो जाती थी**
**तो कविता और प्रेमिका**
**इलाहाबादी फँसाव और फंतासी थी**

**मेरी ज़िंदगी**
**पारस्परिकता के इशारे की**
**सम्बंधवाचक खाँसी थी**

गेट नंबर चार से वह आएगी
गेट नंबर चार में है बात

तसव्वुर ए जाँ में हम थे
जहाँ में ला-पता हम

मैं वर्जित स्मृति का विवेक
और निष्कासित विडंबना की स्मृति था

मैं अकबर इलाहाबादी
और निराला
और इलाहाबाद का
अहंवाद था

प्रयागराज का पश्चाताप

बेसाख़्ता कही गयी बात का सच
जो मुश्किल में डाल दे
लेकिन जिसे वापस
लिया न जा सके

मैं एलेवन अप से इलाहाबाद से
दिल्ली के लिए दो किलो पूड़ी लेकर निकलने की
बदहवासी था कि जैसे वह जीवन भर के लिए दी गयी रसद हो
क्योंकि इसी तरह भेजती थीं माँएँ बेटों को यात्राओं पर
एक निरर्थ दुनिया में

उस रात

रात भर

जीवन दिखा
पिता के स्वप्न के कत्थई टुकड़े
ट्रेन से उड़ते हुए बिखरते हुए छूटती पटरियों पर
खिड़की के काले स्क्रीन पर :
आय फ़क्ड अप लाइफ़ की आत्मदया

नहीं से निकलता हुआ कहीं तक क्या

एक शहर में अस्वीकृत होने के बाद
दूसरे शहर की अस्वीकृतियों के लिए मैं निकलता रहा

ग़लत रास्तों पर दौड़ते हुए
सही को खोजने की कारुणिकता
मैं बचा तो इसलिए कि पेड़ों के पास थीं पुरानी प्रतिश्रुतियाँ
कि भटके हुए को छाया दी जाय और चंद्रमा के पास था
सौंदर्य को असमाप्य बताने का मंद्र धीरज
और नाव के पास पार ले जाने की असंख्य संस्कृतियाँ
और प्यासे को पानी देने की रवायत ख़त्म नहीं हुई थी

एक स्वप्न का बायाँ पैर लेकर घूमता
मैं नहीं जानता था कि
सब कुछ के बाद भी मैं हँसना क्यों नहीं भूलता

ख़ुद को कला में बदलने का झंझट था मैं

थीं हवाएँ कि उड़ा ले जाएँ
मैं पते पर कभू नहीं पहुँचा

यह कोई नयी मुश्किल नहीं थी कि
हिन्दी कविता घुड़दौड़ में बदल गयी थी
डिसकोर्स रेसकोर्स में
वर्चस्व के लिए वैचारिक अपराध किये जाते थे

वाम एकता का सफ़ेद कबूतर
कभी पत्थर औ' कभी ख़ंजर से
ख़ून ख़ून होता था
इस बीच प्रतिश्रुत दक्षिणपंथी
वैदिक गणित
और भैंस की गैस से
बिजली बनाने के फ़ार्मूले की व्याख्या करता
पहलवान होके घूमता था और
अग्रसरण की हाँक देता पश्चात्पाद विचार का ब्योपारी
एक्सपायरी डेट वाली मध्यकालीन नसवार लेकर झूमता था
लेकिन जैसा कि रूमी ने कहा कि
टेढ़ी चाबी से ताला नहीं खुलता था

अदबी वक़्त कैसा भी हो भाषा का
सबसे बड़ा कवि खोजने की मुहिम चलती रहती थी
स्वादानुसार नमक लेने की तरह
गिरोहानुसार लिस्ट बनती रहती थी
एक असुरक्षा दूसरी असुरक्षा का वरण करती थी—
अच्छा है कि इस कममश्क़ विमर्श की लाश
अगली सुब्ह हिन्दवी के कई लेन वाले
लम्बे-चौड़े हायवे के किनारे मिलती थी
फिर परिपार्श्व में पश्चाताप की और
तमाम कवियों के प्रति कृतज्ञता की
और अपनी साँस देखते हुए
दूसरे के साँस की सँभाल की
कोई शांत बीठोविनीय सिंफ़नी गूँजती थी
और एक बार फिर हिन्दी कविता की गाड़ी
झक झक झक झक आगे बढ़ती थी
और किसी मुफ़्लिस स्टेशन पर रुकती थी
जो बुला-बुलाके भूखे, अधनंगे, बेघर, लापता लोगों की
सवारियाँ बैठाती थी कितनी ही सीटियाँ बजाती थी
और सीढ़ियाँ लटका देती थी

कि कोई छूट तो नहीं गया

तो, समकालीन अमरता की जल्दबाज़ी कोई बीमारी थी
जो अफ़सोस!! सवालों के भारी पत्थरों को
न उठा पाने की अक्षमता की तैयारी थी और
उस बड़े वाक्य की लौ बुझा देने की एकाधिकारवादी हिक़ारत
कि सैकड़ों फूलों को खिलने दो

**मैंने कहा पता नहीं किससे कि री फेसबुक की**
**दायराबद्ध तत्कालवादी आकुलता की अद्वितीयता !**
**कोई कवि दूसरे कवि की जगह नहीं लेता**
**जो गूँज के साथ कहता था कि**
**मैं हूँ रेख़्ता**
**जिसकी मदद से मैं**
**क्या नहीं देखता।**

नज़्म को क़ुव्वत ए पैग़ाम करूँ
बहुत कोने में यहाँ बैठा हुआ

है अगर दिल कहीं बाएँ बाज़ू
उसका खिसकाना यों आसान नहीं

**मैं    तत्सम नहीं**
**अपनी सभ्यता का सबसे विकट तद्भव।**

**संस्कृत नहीं प्राकृत। आगत की आहट।**

**अपभ्रंश और अवहट्ठ के हठ**
**संस्कृत के काव्य नायकों के**
**ढहते मठ निपुण वाग्विलासी शब्दशठ**

दु:ख का बयान हिन्दी से बेहतर कहीं न हो
हिन्दी में लिखने पढ़ने में काफ़िर के हौसले

मैं कविता क्या करता था
कभी न मरने की कशिश पैदा करने वाले
उपादानों को लामबन्द करता था
पृथ्वी ज़ाहिर है उनमें से एक थी उसके बाद वह तारा जो
कम चमकता था और वह धूल जो चलने से उठती थी
और साइकिल को दीवार से टिकाने के बाद की निराशा
और निकलते हुए चश्मा ढूँढ़ने और उसके मिलने की राहत
और वह किताब जो छाती पर गिर जाती थी
क्योंकि बीच में ही नींद आ जाती थी

और मृत्यु यदि एक लम्बी नींद हो
तो...?

प्रेम और नदी के अलावा
भूख भी एक वजह है कि मैं मरना नहीं चाहता

लेकिन मृत्यु यदि एक लम्बी नींद हो
तो...?

**कविता इस विलाप से क्यों न भरी हो**
**कि कौन ले आया हमें इस हाल में**

**क्यों हमें बनाने पड़े**
**भूस्खलन वाले        भूखण्डों पर घर**

**मनुष्य हो जाना क्यों विपत्ति हुआ**

**क्यों नहीं मिला न्याय**

**कौन ढँक देता है दुखों का आख्यान कविता के पीछे**

**सुकरात की तरह जो सवाल पूछता है**
**ज़हर के प्याले में    आकुलता का थोड़ा और**
**सायनायड घोल लेता है**

अगर कहीं है स्पिनोज़ा
तो मेरी अन्तर्लय में खो जा

कह नहीं सकता कि वह कहाँ की लाइब्रेरी थी
क्या रीवा की वेंकटरमण सिंह के नाम वाली
जहाँ मैं आठ साल का था और
किताब पढ़ते-पढ़ते सो गया था
कुर्सी पर   फिर लम्बी सी मेज़ पर
नींद के निर्वाण में निकलती
गर्म वाष्प ने आसपास रखी पवित्र किताबों की गठरी
नम और विनम्र कर दी
जिसे लेकर सुबह बवाल मच गया
मेरा आना पुस्तकालय में बैन हो गया

कुछ और पढ़ा मैंने कुछ और ही तालीम
उस आख़िरी-सी बेंच में कोने का रिबेलियन

**मैं बार बार सिर पकड़कर बैठता था**
**कि क्यों नहीं समझा जाता**
**कि पहिया**
**और मानव**
**ईश्वर के आविष्कार से हज़ारों हज़ार साल पुराने हैं**

खेल ख़ुदा से और ख़ुदी से ख़ूब रहा
ख़ुद्दारी के परख़च्चे भी ख़ूब उड़े

**युयुत्साओं से पैदा हुआ ईश्वर मृद्भांड,**
**गेहूँ, कुत्ते, सड़क, लिपि के हज़ारों साल बाद जन्मा**

**गप्प और मिथक की सबसे गहरी नाभि या विवर या गह्वर**
**या आकाश या अतल और गुफा से वह निकला करता था**
**और मूल सत्य होकर घूमा करता था**

**हर धर्म हिंसा से जुड़ता था**
**और प्रतिहिंसा का पवित्रीकरण करता था**

**पिछली कई सदियों की सबसे फ़ेक न्यूज़ था वह**

ईश्वर ने साफ़ कर दिया
बंदे का हूँ फ़रेब

**कह (और मैदान में बना रह) कि**
**दिमाग़ औ जिगर का**
**मासूमियत औ फ़ितरत का**
**रसायन औ भौतिकी का**
**जिद्दत और ज़ेहनियत का**
**आधुनिकता औ सामाजिकता का**
**तमद्दुन औ तकलीफ़ का रूपायन**
**तीन हज़ार या दो हज़ार साल या**
**डेढ़ हज़ार साल पुरानी किताबें करना बंद करें**
**और जैसा कि राहुल सांकृत्यायन कहते हैं कि**
**धर्मों की एकता संभव नहीं**

## मार्क्सवाद से कौन चुराकर उठा ले गया अनीश्वरवाद की प्रतिमा

मैं हक़ीक़ी हक़परस्त हक़्क़ेमुरूर
कुछ बिगाड़ा कुफ़्र ने कुछ फ़िक्र ने

**यह सब लिखकर मैं डर गया**
**लेकिन कौन कहता है कि मर गया**
**इसकी सज़ा अगर देने वे आएँगे तो**
**इख़्तिलाफ़ी फ़न जदीदी कारगुज़ारी**
**और दुस्साहसी सामाजिकता के**
**कसाई कहलाएँगे**

मुझको हक़ीर जान के न रास्ता बदल
जो मेरे पास हो रहा वो तेरे पास हो

दिल बहुत करता है तुम संग बात हो
बंद कर मत आख़िरी खिड़की न जा

लाइब्रेरी का एक रेग्यूलर था जो
ठोकरों की चोट को छिपाता हुआ चलता था
और आत्मालाप की शैली में
कुछ कहता रहता था जैसे कि यह कि
भारतीय कारपोरेट मज़दूरियत को
इस ज़ेहनियत में ले जाना चाहता है
कि मजूर फ़ोन बदलना चाहता है सिस्टम नहीं।
तो भूख अब उसे याचक बनाती है, विद्रोही नहीं।
एक विषम और लंपट लोकतंत्र
आगे बढ़ने का सपना मरने नहीं देता,
कुछ करने नहीं देता औ' अख़ीर में कुछ नहीं देता।

सब कुछ को गँवा देने वाले मज़दूर
यह नहीं कहते हैं कि
खोने के लिए हमारे पास ज़ंजीरें हैं

वे कुछ नहीं कहते हैं और
निर्विकल्प करुणा की और टर्नकोट ख़बरनवीसियों की
यूट्यूब की फ़िल्म बनते हैं
और हाँ, उस महावाक्य को बार बार भूलते हैं कि
आवश्यकता का बोध है स्वतंत्रता

वामपंथी नीम के नीचे
परित्यक्ता रीतिकालीन नायिका की तरह
जनविरह की कड़वी निबोली कुतरते हैं
और सभ्यता को नष्ट करने वाले

दुरभिसंधियों के एकांत में विहँसते हैं
कि 'देखो जनत्व का समर्पणवादी भाववाद
जनविरोधी फासिस्टी काम में
दमन के चमन में हम कितने आज़ाद'।

बहरहाल
बदहाल
भूखे मज़दूर अगर और कुछ नहीं भी कर रहे थे तो
शाप देने से पीछे नहीं हट रहे थे :

पटरी पटरी घर लौटेंगे
पटरी पर रख बैग अटैची खींचेंगे
रेल हमारी घंटे भर में एक मील चल पाए
राज्य यह ढह जाए

**वह जो आत्मा और आत्मालाप के बीच टहलता था**
**कभी इस और कभी उस निराशा के डेरे में था**
**क्योंकि भारतीय प्रतिरोध शक्र के घेरे में था**
**शहर के अंदर वह इतना शहर बाहर और अकेला था कि**
**मंजनूँ का टीला था**
**विपश्यना करता था और अशांत रहने का कोई मौक़ा**
**नहीं गँवाता था यह कहते हुए कि कांग्रेस**
**हिन्दू और मुसलमान दोनों के दक्षिण का संतुलित घोल है**
**और कौन बदबख़्त नहीं जानता**
**कि इस पार्टी की आधुनिकता कितना बड़ा झोल है**
**और वाम  गृहस्थाश्रम के लम्बे लॉकडाउन में है**
**सात-आठ जो पते उसने दे रखे हैं**
**उनमें वह कहीं नहीं मिलता है**
**बीच बीच में कभी कभी नवदीक्षित श्रमण-सा**
**ऑनलाइन दिखता है**

इस पार की आवाज़ का उस पार न जाना
उस पार की हरकत की कुछ ब्लर्ड फोटुएँ

फिर एक दिन गाँजा लगाकर वह पता नहीं क्या क्या कहता रहा
जैसे कि यह कि भारतीय डेमोक्रेसी राजनीतिक पोर्नोग्राफ़ी है
कविता हिलते कैमरे से बीसियों लेंसों से समाज की वीडियोग्राफ़ी है

अचानक वह तन गया : लोकतंत्र के इस ढकोसले को
बढ़ते हुए पढ़ते हुए समूह और व्यक्ति नहीं
खटती हुई दासताएँ चाहिए

*मुझे क्या चाहिए,* **बुदबुदाया वह**

वह अपने ही वृत्तांत से हताश हो गया
सामाजिक भूस्खलन और कविता के बीच
के रिश्ते को लेकर उदास हो गया

"मैंने भी क्या किया", यह बुदबुदाते हुए वह जो
भारत के अभारतीय इलाक़े से लँगड़ाता आता है कहता है :
'पैर और आत्मा में जो गड़ा है सांघातिक काँटा है'
हाँफता वह काँपता है क्या कर दे और क्या कह दे
क्या हटा दे और क्या ढहा दे :
गटर के नीचे से शटर के पीछे से कोई कुछ कहता है
संवाद बढ़ता है

गौरवर्ण के रंगभेद से आक्रांत था इतिहास
पुरुष सूक्त के पुरुष ने उजाड़ा आदिवास

गाते थे जो अभेद
मानते थे वर्ण भेद

एक तरफ़ उद्वेग और उत्ताप था तो दूसरी तरफ़ पश्चाताप नहीं था

तो इस तरह    बनता था    भारतीय मनुष्य

निर्धारक और निर्धारित
उत्पीड़क और उत्पीड़ित नियामक और नियमित
के बीच सतत विभाजित

उत्पीड़ित उत्पीड़कों के आसपास रखे जाते थे
कि पुकारने पर आ जाएँ

वे कहीं जा रहे होते थे तो पकड़ लिया जाता था
सो रहे होते थे तो झकझोरकर उठा दिया जाता था

हर रास्ता
दासता
की तरफ़ जाता था सतत निष्कासन था
आत्मनिर्वासन था

अलग कर दिये गये ख़ुद से विलग
जगती थी अलख    फिर बुझ जाती थी
दुःख का घट और कटा हुआ ज्ञान वट

न किताब न आब न भूमि न स्वतंत्रता
ज़ंजीर से बँधी थी आत्मा की अनंतता

सूर्योदय से सूर्यास्त तक
रात से      बिरात तक      मेहनत
बौद्धमत
था पर वेदवेदांगपुराणस्मृति का इतना शोर था
कि लगता ही नहीं था कि रात के बाद भोर था

जो बुद्ध थे वे सवर्णवाद के बुद्धू थे
अवधूत और अवधू थे
वादक और गायक और नर्तक और निपुण जादूगर
कारीगर
क्या न बना दें—
सभ्यताएँ सड़कें किताबघर
बन नहीं पाता था आह, अपना ही घर

हम्म हम्म करता वह श्रम थे
गाते हुए कि हम थे
हम हैं
हम रहेंगे
लम्बे उपन्यास और
बहुत लम्बे निबंध की तरह

विकलता की कला थे वे

और एक दूसरे को निहारने का हुनर
और असंतोष की संस्कृति
और प्रतीक्षा की
कि जो गया है ग़ुलामियत के बाड़े में वह लौटेगा

वे लौट रहे हैं अपनी रची भाषा और किताब के साथ
वे हैं वर्णाश्रम धर्म को अधर्म मानने का शुऊर और ग़ुरूर

और प्रतिकार का बढ़ता हुआ तापमान
और अपमान की स्मृति
और इससे निकलती हुई प्रतिकार की संसृति
और आत्मा की द्युति

अन्त:करण के पत्थर के भार से वह शिथिल हो गया
और चलने के लिए बस एक ही क़दम बढ़ाया था कि
एक जंगल में दाख़िल हो गया

अरण्य में यहाँ उसे महाश्वेता से मिलना था
और आत्मा को तेज़ हवा में
लम्बे और पतले पेड़-सा हिलना था

शोक की लम्बी चुप्पी के बाद
महाश्वेता देवी ने कहना शुरू किया कि
चयन करो यह कि पक्षी और पत्ती मधुमक्खी जामुन का पेड़
काले मुँह का बंदर और सफ़ेद एलबेट्रॉस
झरबेरी
आरण्यक की लाइब्रेरी
और सुकमा
और सोनी के प्रतिकार के साथ खड़े हो
या जिंदल और मित्तल के पृथ्वी को समतल
करने के वेदांता और अडानी के अहंकार के साथ

यह बात-संवाद जब चल रहा था
तो सर पर गृह मंत्रालय का हेलीकॉप्टर
घड़ घड़ कर रहा था
माँगों और टाँगों पर गोली चलाने के लिए

झाड़ियों के पीछे ग़ायब होने के पहले महाश्वेता ने
अपने पीछे आती गायत्री चक्रवर्ती स्पिवाक से

भारत के बौद्धिक इतिहास के बारे में
यह अलक्षित बात कह दी
कि भारत के वही विचारक प्रासंगिक माने जाते हैं
जो आदिवास के प्रत्यय
और प्रत्याखान के साथ खड़े हो पाते हैं

अकादमिकों के बीच सन्नाटा फैल गया
रोड्स छात्रवृत्ति पाने वाला काग़ज़ की चादर ओढ़कर सो गया

कटे हुए पेड़ों के बीच बैठे
माइनिंग की गर्द में सने    आदिवासी पूछते थे
कहाँ रुक गयी बदलाव की इंजनगाड़ी
इतिहास की घास में    गुमचोट नक्सलबाड़ी

जवाब में उसका स्याह चेहरा दिख गया
जाते हुए उसका हताश   हाथ उठ गया
कि जल्दी ही लौटेंगे
दुख भरे इतिहास की दुर्गम पगडंडी से

साफ़ था कि वह चला जाता था
तो मैं आ जाता था और
इस महाकाव्यात्मक फ़िल्म में
सामाजिक इंटरवल नहीं हो पाता था

मैं उतरी हुई चेन की साइकिल की
पैडल मारती उद्विग्नता था

खंडहरों में घूमता आवारा आशावाद का
सरहद मुक्त राष्ट्रवाद

सम्मोहन के जाल में न फँसता हिरण और
किसी भी प्रकाश की पहली, शिखरीय और आख़िरी किरण

सत्य को अतिरंजित करने की कला था
झूठ की प्रगल्भता के सामने लड़खड़ाने के बाद
मैं हर बार सँभला था

एक आदिवासी की बेदख़ल होने की आत्मकथा सुनकर और
एक बेघर घूमती स्त्री को देखकर
मैं रोज़ बदल रहा था न बदलते भारत में

मैं टिफ़िन लेकर बदलाव के लिए निकलता था
उस दुनिया में जहाँ कारपोरेट
सोशियोपैथ में बदल गया था
और सरकारें सीरियल किलर में
कल्याण मंत्रालय समता की विराट् और अछोर मॉरचुअरी था
अज्ञान के प्रसार के लिए था शिक्षा मंत्रालय
और उन्माद के लिए कल्चर की मिनिस्ट्री—
बहुत अवसाद में भी भीतर से खी खी निकलती
कि देखो, इनके पास अब भी है संस्कृति
गृह मंत्रालय घर ढहाता था
अधिनायक-अहंकारक-संहारक सच नहीं बोल पाता था
और स्यूडोलॉजिका फ़ैंटास्टिका बीमारी के इलाज के लिए
दी गयी गोलियों को लिबरलों की स्टडी में फेंक देता था
जन संपदा का पैसा अमीरों के खाते में
ट्रांसफ़र का ऐप था वित्त मंत्रालय
दस-बारह भाषण लेखकों के सहारे चल रही थी सरकार
जो रात भर मेहनत करके
क्रूरता का पर्यायवाची करुणा ढूँढ़ लेते थे
और सैन्यवादी नियंत्रक के कंधे पर
ख़ून और थूक पोंछने के लिए गमछा रख देते थे

पाप के प्रमाणपत्रों से लैस थे जनप्रतिनिधि
राजनीति भारतीय मनुष्य के विरुद्ध सतत अपराध थी—
क्राइम अगेंस्ट ह्युमैनिटी मेरी पैंट थी पीछे से फटी

सब्र-आज़्मा
हैं
सारे
हुक्मरान

सब्र-आज़्मा हैं सारे हुक्मरान
रोज़े सियाह को नहीं हटाना आसान

उसकी तबीयत है अगर ज़ौक़े-सितम
उसकी तबीयत नहीं बदलना आसान

मुझसे पूछो तो मैं हूँ रहन-ए-सुख़न
मेरा आशुफ़्त:सर बाहौसला होना आसान

सरगिराँ है वो रहे सद्रे-क़फ़स
मेरी तहरीर नहीं समझना आसान

ये नहीं ख़ब्त फ़लसफ़ों से फ़क़त
पिरामिडों को हुआ ढहाना आसान

**मैं सतत आत्मगत रेनेसाँ की प्रक्रिया में रहता था**
**मैं भीड़ को पीछे से देखता था**
**व्यक्ति को नज़्दीक से**
**और अपने को दूर से**

बहुत हुकूमत बहुत नियम क़ानून बहुत
तब ग़द्दारी में कितना तो मज़ा हुआ

मेरी आत्मकथा में
कितनी ही जीवनियाँ थीं संकलित
मैं था प्रातिनिधिक चरित

भीड़ भटकता हुआ मृत थी
ज़ौम्बी
कहाँ हो इस कठिन समय में कोसंबी !!

मामला यह था
कि सभ्यता कोई भी हो
युद्ध और आधिपत्य के ताने और बाने से बुनी गयी थी
इसलिए समस्याग्रस्त थी

तो यार, कैसे वह रसायन मिल पाता कि
दास और अधिपति का डीएनए
नष्ट हो जाता

इस बीच दार्शनिक जोड़ाजामा पहनकर
कोई यह कहता रहता था
कि दुनिया भौतिक और रासायनिक स्तर पर
रोज़ इतना बदलती है
कि उसे और क्या बदलना
यह
था
शांततावाद—

तटस्थता का गौरान्वीकरण

आमरण
अनशन पर था मैं
कि दुनिया बदलने की ख़बर आए तो घर जाऊँ
और साँवा का भात और मट्ठा और बाजरे की रोटी
और उड़द की दाल वाला
पूरा खाना खाने का दृश्य बन पाऊँ

मैं अगर लालसा हूँ छोड़ मुझे
मैं अगर रास्ता हूँ मोड़ मुझे

**बार बार भूलता था मैं कविता की मूल प्रकृति**
**मतलब कि उसमें क्या और कैसे और कितना और किस तरह**
**कहा जाय कि कविता नष्ट होने से बाल बाल बच जाय**
**लेकिन मेरे भीतर तो नियंत्रण मुक्त होने की तड़प थी**
**संरचनाओं को भूलने की सबवर्जन की आव्रजन की**
**खिसकती थीं सीमाएँ और सरहदें**
**शिल्प और प्रयोगों की वस्तु और वास्तव की**
**बदले में मिलता था कहने का दुस्साहस**
**और कला का विस्मय**
**प्रतिकार की कल्पना का विस्तारित क्षेत्रफल**
**नये-नये बहिष्कार और नये नये अ-भय**

प्रतिष्ठान से नहीं प्रतिष्ठा चाही
बहुत भूख ने यहाँ वहाँ भटकाया
जैसे कभी युधिष्ठिर जो होते थे
कुत्ते का बेस्वाद मांस भी खाया

जब भी गिरती थी काली रात मैं होता था अपना सुकरात
पूछता हुआ कि क्या है सौंदर्य और क्यों है अन्याय

बेदार ओ' ख़ाबीदा
मुझसे निकलती थी उम्मीद-ए-नाउम्मीदी की हाय

लेकिन विकल्प तो है  धीमे से कहते हैं रामजी राय
उतना ही सरल
कि जैसे एक उसाँस के बाद दूसरी साँस ले ली जाय

तो वैकल्पिकता के ख़याल को हम
एक और शोधपत्र में नहीं
बदलाव के जोखिम में बदलते हैं
और कथानक की एक नयी विभीषिका में प्रवेश करते हैं
और कविता में जिस संरचना को हम बरतते हैं
आओ, एक बार फिर उसकी जाँच करते हैं

विकट गद्य कवियों को परखने की नयी नैतिकता
और पुरानी वामनीय दुविधा हो गया था
लेकिन सवाल यह था कि
यदि गद्य कवियों का निकष है तो छंद? :

क्या न मरने की आख़िरी स्मृति,
ललकार का क़दीम एहसास,

**रोमांस की रेलगाड़ी का गार्ड वाला डिब्बा,**
**क़ब्रिस्तान का लोबान**
**और दमे-रुख़सत के वक़्त यह बताने की तड़प**
**कि कविता में कम सोचना अधिक सोचने से बेहतर कभी नहीं था**

एक कविता का लिखा जाना  घड़े का
उलट जाना
और वह
निचुड़ा हुआ निर्वात
ख़ाली भार का निर्भार

**गोया जब मैं जगत को जानने उसके अँधेरे में घूम रहा था**
**तो भीड़ का एक हिस्सा लाठी-डंडे लिये आवाज़ लगा रहा था**
**कि कविता पर क़ब्ज़ा करना है**

**मैं उनके सामने खड़ा हो गया और गाने लग गया :**

जिसमें डेढ़ अरब के दुःख हों वैसी-सी भाखा गढ़ना है
कथ्य रहे पर कला न बचे यह अपराध नहीं करना है
कला बचे कोलाहल ग़ायब नहीं काव्य ऐसा लिखना है
अगर कहो कि हिन्दी-उर्दू चौखट पर तोता मैना है
राजनीति के बिना काव्य की निर्जल नद से की तुलना है
राजनीति में न पड़ना भी राजनीति करते रहना है
छंद बहुत आता है लेकिन ज़्यादा गद्य नस्र लिखना है
अरी री ललदद, ये क्यों कहते कविता पर क़ब्ज़ा करना है

**मैंने साफ़ कर दिया कि छंद आता है**
**लेकिन हिन्दी की विपत्ति को**
**अब गद्य ही कह पाता है**

**कविता का नया गद्य बन रहा है**
**और नये सामाजिक सत्य का कोई छोर मिल रहा है**

अभिनव मम्मट भरत आ गये काव्य जाँचने
मैंने सबसे कहा आप सब जाएँ नामवर भी

**इस ओपेक डिब्बाबंद समय में मैं**
**सड़क के किनारे कड़ाही में उबलता**
**जैसा कि एक दीवाना कवि कहता है**
**समोसे की विलक्षणता का अष्टावक्र शिल्प था**
**मैं एक नयी सामाजिकता का विकल्प और गल्प था**

कितनी बार नया करने की ज़िद
कितनी बार पुराने की फिर जाँच

**मैं नये समय**
**और नयी घड़ी**
**और नये रास्ते**
**और नये शिल्प**
**की खोज में निकलता था**
**और रेड लाइन से मोहन नगर आता था**

**यह मेरा रेड कॉरिडोर था**
**अछोर हस्तक्षेप का**
**बियाबान लेकिन सार्वजनिक एकांत**
**सिर झुकाये लौटता बारहा अशांत**

मृत्यु पाठ की और रचयिता की इबारत की
एक ज़िंदा आदमी का रोल मैं करता रहा संहार में

**मैं बार बार अपना संहार था**
**पश्चाताप का एक सौ आठ डिग्री सतत बुख़ार था**

**राज्य और बाज़ार के बीच ढूँढ़ता था मैं अपना होना**
**मेरी नींद लेकर मध्यवित्तियो, तुम सब सो लेना**

मुझे ही नहीं मिलता कविता का मेहनताना
कभी इधर आना तो घर बंद पाना

उम्मीद थी कि अपना ही ख़ून करती थी
बदहवासी थी कि अफ़लातून करती थी

मैं समझ गया कि अगर ज्ञान
कर्मठता से नहीं जुड़ता है तो जल्दी ही वह
मिर्च वाले बासी पकौड़े में बदलता है

उस निराशा में   दिख गयी
हरियाणा के मर्दवादी पठार में घूमती
साँकलें बजाती दरवाज़े खुलवाती रूढ़ि के
हाँफती कत्थई शुभा
याद नहीं पड़ता मैंने क्या कहा
अधूरी कविता जैसे कि पूरी हो गयी
काँपती-सी रागिनी सिद्धेश्वरी हो गयी

एक नयी सृष्टि का जब मैं
स्वप्न देख रहा था
एक कलाकर्मी अपनी न्यूड पेंटिंग्स की प्रदर्शनी में घूम रहा था
इस बहस के साथ कि अगर सत्ता है तो वह क्यों न अपने को
कई संस्तरों वाले थान में छिपाए
बचेगा क्या अगर पारदर्शी हो जाए
अपराध का लैबिरिंथ

*निहंग मानवता की प्रागैतिहासिक अदूषितता है नग्नदेह*
बिना कहे उसने कह दिया

इस आत्मिक संवाद को उन्होंने ढहा दिया
अचानक जो आये गिराते हुए मूर्तियाँ फाड़ते हुए पेंटिंग
कैनवास पर लिखते हुए नारे कोलतार से

उसी काले से    मुँह पोत दिया रंगीन कलाकार का

जाते हुए उसका    शिश्न मरोड़ दिया

वह टूटे काँच पर किरच पर चलता रहा
ख़ून बहता रहा कहता रहा वह दुःख भरी हँसी हँसते हुए :
अहमक़ सैबोटेज करना भी नहीं जानते
वह तो पुरुष से ट्रांसजेंडर स्त्री होने की लैंगिक और वैचारिक प्रक्रिया में है—
पहला मौक़ा मिलते ही पुरुषत्व से निकलकर    भागने की कार्रवाई

जो वह है पुरुष    उस हिंसा से विद्रोह
ओह

उसे देखते हुए मैं लाइब्रेरी के परिसर में
एक मूर्त्तिशिल्प से टिककर खड़ा हो गया
कला की आभा से कुछ बड़ा हो गया

वाक्य में नाट्य तत्व
और घुमाव लाते हुए उसने कहा :
'हा, हंत,
तुम निष्प्राण दिख रहे हो और मूर्त्ति जीवंत'

कला में भरोसे का विचार लेकर विदा हुए हम
निर्भार मनुष्यता का भार लिये हुए गाते हुए
चढ़ाते हुए रम

कला    दंड है
क़ैद नहीं है

हम एक तहख़ाने में उतरने लगे
जहाँ अँधेरा था
और पानी जमा था

रुक कर पलटकर
दुखती पीठ से शर्ट उतारते हुए उसने यह कहा कि
'चोट का नीला और ख़ून का लाल अच्छी पेंटिंग बनाते हैं
बहुत यातना में भी इच्छाओं को हम भूल नहीं पाते हैं'

मैंने
उसके माथे के
नीले को
छुआ

मुझे
पता नहीं
क्या हुआ
कि जैसे डूब गया बची खुची स्वतंत्रता का
ज़ंग खाया जहाज़
उड़ा एक बाज़
आरपार

ज़ाविए दोलां की फ़िल्म *लॉरेंस एनीवे*
और जोआओ पेड्रो रोड्रिग्स की फ़िल्म *टु डाय लाइक अ मैन*
के बेचैन पात्रों की तरह वह रोता रहा

उसकी कहानी सुनने को      रात भर पीछे उसके
मैं अपने को खोता रहा

मैं थक गया था      सुस्ताने के इरादे से
नयी संसद बनाने के लिए काटे गये
जामुन के पेड़ों के दुःख के बीच बैठ गया था
नीले और लाल      कलाकार के साथ

रात थी
गहरी बारिश थी
जिसकी धुँधली नीरवता में दिखाई दे रहा था कि
देश का सबसे धनी आदमी देश के
सबसे क्रूर आदमी से मिल रहा था
परिपार्श्व में क्रिकेट मैच चल रहा था—
एक देश बेच रहा था दूसरा उसे ख़रीदने के लिए
ब्रीफ़केस खोल रहा था

मैंने और नीले-लाल कलाकार ने
तय किया कि प्रतिकार का मूलगामी ज्ञान चुराया जाय
और इसके लिए लाइब्रेरी में सेंध लगायी जाय

वहाँ हमें छिपी हुई भागी हुई लड़की दिख गयी
जो टोके जाने का उत्ताप
होने की दुविधा और बचे रहने का विस्मय थी
एक दरवाज़े और एक खिड़की वाले कारागार का संस्मरण
सांस्कृतिक क्रूरता का सूचीपत्र
स्याह शिकायतपत्र और नयी सृष्टि का श्वेत पत्र

सभ्यता की अटूट भर्त्सना थी वह      कहती हुई :
मैं किसी की नहीं अपनी द्रौपदी हूँ
पुरुष के प्रति प्रतिश्रुत सप्तपदी नहीं हूँ

मैंने कह दिया कि चलो तुमने यह नहीं कहा कि
पुरुष सेक्स स्लेव!!

उसने हँसकर कहा, कुटेव
नहीं कहा था तो अब कह दिया!

प्रेम का तब क्या होगा, मैंने कहा

उसने कहा, यह कहो अपनत्व की ओट में स्वामित्व का
राज्य और नियमन और अधिकार और सरकार का    क्या होगा

मैंने पूछा तुम कौन हो

मैं बिना उसका जवाब सुने ही काँप गया
और लाइब्रेरी के भीतर भाग गया

वह मेरे पीछे आयी
राख़ में फहराती हरीतिमा की तरह
पूछती हुई मंद्र आवाज़ में महीन,
'क्यों मैं सतत अधीन'

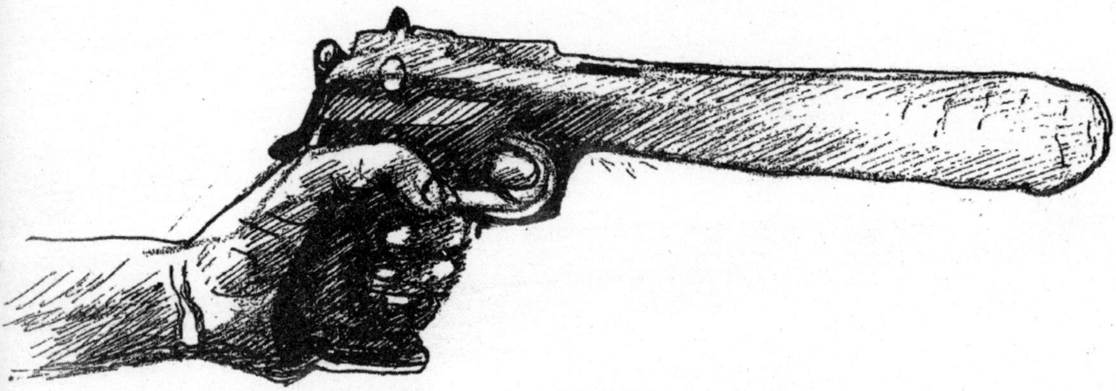

मैं एक कुर्सी पर आकर
सांख्य की जटिलता के साथ बैठ गया
बहुत ताप में
आर्कटिक की बर्फ़ की तरह पिघल गया
मेज़ पर फैल गया।
तुम सागौन के कटे तने पर बैठे हो—
जब उसने कहा तो
कितनी ही चिड़ियों की आवाज़ें थीं उसके भीतर
घास के मैदानों के लहराने की सिलवटदार ध्वनियाँ
वन्य पशुओं के घूमने की खदबद

और वह सनक कि देखती हूँ तुझे, आ
देह से देह निकालने की हनक
गेंदे के फूल की महक का अँधेरा
खनिज की खनक का गुह्य
फलों के झूलने का संभार
गहरे कुओं की भूमिगत अनुगूँज
पहाड़ों के पार एक खेल का मैदान
रात भर चलती सनसन हवा
पत्तों की सरसराहट का आंतरिक
वीरानी से भरा अन्तरिक्ष

अपनी तरफ़ पत्थरों को
फेंके जाने से बनी थी वह

गुफा की तरह नीरव
निस्पंद लेकिन नहीं थी पत्थर की तरह

किसकी तरह
लेकिन ज़रूर किसी स्त्री की तरह उसने कहा
कि संसार ने अपनी आत्मा खो दी है
और स्त्री ने रति में उछाल की उत्तुंगता
रे, अरे, हे, मरे!!!
कहाँ है पत्थरकाल की उन्मुक्तता

मैं
चाहती हूँ इच्छाओं को
खाने की मेज़ पर या बकरियाँ चराते हुए
कहने की सहजता
और देह को न सौंप देने का हक़—
उसे नष्ट भ्रष्ट
विरूप या रूपायित
करने के अधिकार की अप्रमेय झक।

इस संलाप और लाइब्रेरी के दरवाज़े को
तोड़ने की कोशिश कर रहा था भीड़तंत्र
बीच बीच में कोई कह रहा था उदग्र होकर
'नहीं चलेगा, सर, कुछ सोचने वालों को जेल में डालकर
नरसंहार को सीरियल की तरह चलाकर

इसके पहले कि बने नया राजनीतिक पाठ
बुझाना होगा लुआठ।'

मैं अवाक् और बेसूझा
नागरिकता
का अवसाद
भारतीय सृष्टि में गूँजा

हम पीछे की तरफ दौड़े एक नयी सेंध बनाने के लिए
निकल भागने के लिए

हाँफते हुए साथिन फुसफुसाई कि
पुरुष उसे समझ में क्यों नहीं आता
उसे चाहिए एक वैकल्पिक भाषा

नीले और लाल   कलाकार ने कहा
चाहिए वैकल्पिक मनुष्य

और जब तक नयी भाषा और मनुष्य न आ जाय
तब तक क्या किया जाए, मैंने जानना चाहा

इठलाकर दोनों ने एक साथ कहा,
खोजा जाय

दरवाज़ा टूट चुका था
घुस चुकी थी बर्बरता
जिसे पार्टी मेनिफ़ेस्टो में कहा जाता
एक नयी सभ्यता

वे हमारे पीछे आ रहे थे
जब कि हम निरंतर
सुरंग खोदे जा रहे थे

जन
साँस और उजास के बिना मर रहे थे

अमेज़न के जंगल
जल रहे थे

दोनों ध्रुव पिघल रहे थे

सरकार और सत्ता के
सतत मरते जाने के शव
दुनिया की सबसे पवित्र नदी में बह रहे थे

आप्रवासियों के जहाज़ डूब रहे थे
कोर्ट ढह रहे थे

अधिक हिन्दू होने के लिए हिन्दू
कोई किताब नहीं पढ़ रहे थे टीवी देख रहे थे
तालिब इसका उलटा कर रहे थे

देशकाल को कविता में लाने के विरोधी
देशकाल के रौरव में फँसे पाठक ढूँढ़ रहे थे

हिन्दू परम सत्य को खोजते खोजते
उत्तर सत्य के आश्रमों में घूम रहे थे

कौन कितनों को मारकर आया है
इस बुनियाद पर राष्ट्राध्यक्ष बन रहे थे

दमन के साथ पाँच किलो
चावल के झोले की करुणा
के साथ घूम रहे थे क्षत्रप
उत्तप्त पृथ्वी पर धरना दिये बैठे थे
भूमिहीन दातादीन मातादीन
बहुत अधीन रामाधीन

जैसे कोई रेत में फँसे जहाज़ पर खड़ा हो
हम एक देश के छोर पर खड़े थे
जहाँ न शुरू होने की उत्तेजना थी
न बीच में होने के असमंजस और न ख़त्म होने की राहत
उजड़ा हुआ किसान था भारत

भूख में चीज़ें दिखतीं हैं जादुई—
प्रति संसार बनाने की
कौंध ऐसे आयी

स्त्रियाँ स्वतंत्र नहीं हो पा रही थीं
पुरुष युद्धों के विकल्प नहीं ढूँढ़ सके थे
बच्चे पृथ्वी का सारा कूड़ा बीनने के लिए निकले हुए थे

नयी
सदी
पुराने
दुःखों
से
शुरू
हुई

**सुरंग से बाहर आये तो लगा हम**
**कसाईघर में मवेशी के विद्रोह की विवशता**
**और हास्यास्पदता भर नहीं थे**

**पुलों के होने के पहले से चली आ रही**
**पुलों से गुज़रने की इच्छा के किनारे हम खड़े थे**
**और देख रहे थे ख़ाक आकाश जहाँ**
**अँधेरी कहानियों की तरह भटके थे पखेरू**
**हिन्दुस्तान के अनाथालय में एक जगह थी बवेरू**

**विमर्श की तेज़ बारिश में भीग रही थीं**
**अल्थी पल्थी मारकर बैठी अधेड़ औरतें**

**आध्यात्मिक ज़रूरतें बढ़ा दी थीं राज्य ने**

**पाबंदे ज़ंजीर दुनिया**
**एक बुरे धार्मिक शहर में और सूक्ति की तरह**
**ठीक ही कहा जाता है कि बुरी ख़बर में**
**और न होती सहर में और न उठती लहर में और**
**कह सकते हैं कि सायनायड के ज़हर में ख़राब प्रहर में**
**क़हर में**
**बदल गयी थी**

कल आने वाला है
आज की विपत्ति टल नहीं रही

पत्थरों के पिघलने की प्रतीक्षा में बैठे थे लोग

पुस्तकालय के आसपास न देखे जाते कोने में
किसी तरह होने में  हम थे
ज़िद ऐसी थी कि समकाल के आइने में ज़माने का ग़म थे

वहाँ से दिख गया दूर तक :     ट्रकों-ट्रक
नयी किताबें लाइब्रेरी में लायी जा रही थीं
और पुरानी किताबें हटायी और जलायी जा रही थीं
धू
धू
धू

काफ़ी कुछ ढह रहा था

अवधू
मंद
मंद
क्षीणछंद
बोल रहा था

"जो तुम्हारे खाने से बचा ली है
वह हमारी भूख है

जो तुम्हारे रहने से बचा ली है
वह हमारी बारादरी है

जो तुम्हारी लालसा से बचा ली है
वह हमारी एषणा है

जो तुम्हारी आग से बचा ली है
वह हमारी धधक है

जो तुम्हारे कुचलने से बचा ली है
वह हमारी सनक है

जो तुम्हारे झूठ से बचा ली है
वह हमारी भाषा है

जो तुम्हारे अपराधों से बचा ली है
वह हमारी आत्मा है

जो तुम्हारे रौंदने से बचा ली है
वह हमारी पगडंडी है

जिधर कुछ नहीं है
दिशा है"

# उत्तर कथन

## दुष्काल में कविता

दमन और मतिभ्रम के समय में कविता के कारोबार पर कुछ अयोजित सोच-विचार

*'जिधर कुछ नहीं' के बहाने इस उत्तर-कथन में कुछ बातें की गयी हैं जो सत्ता के दमनकारी होने के प्रतिकूल समय में रचना कर्म के उत्स, आविष्कार, आशय, वस्तु, विन्यास, और प्रवाह को समझने की कोशिश हैं। ये बातें संकेत-भर हैं और पाठक कविता के अपने निर्वचन के लिए इनसे कोई सूत्र ले सकते हैं या इनकी अनदेखी भी कर सकते हैं। यह न तो कविता का भाष्य है, न उसकी व्याख्या।*

पहले से ही उजड़ते हुए देश को ढहाने का काम जब अधिक प्रतिहिंसा के साथ किया जा रहा हो, विग्रह और विघटन के वृत्तांतों के लिए ही नहीं, प्रतिपक्षीय प्रत्यय के लिए भी 'जिधर कुछ नहीं' की प्रदीर्घता अपरिहार्य हो गयी, और इसका हस्तक्षेपीय शिल्प भी। संकट की कविता में पोस्टर कविता का सामयिक प्रतिकार बेशक निबद्ध होता हो, विमर्श तीक्ष्णतर और गहन हो जाता है। वह सत्ता को जाँचने-समझने, और संवेदित होने का ऐसा उपकरण बनता जाता है जो घुटन की कुछ ख़ास वस्तुस्थितियों के न रहने या कम तीक्ष्ण होने पर भी प्रासंगिक बना रहता है। इसी तरह यह बात अन्तर्विरोधी भले ही लगे लेकिन है यह सच, और पुरानी भी, कि क्रूरता से लड़ने का प्रबोध सघन करुणा से निसृत होता है। प्रतिरोध भाव के पैदा होने की वजह उत्पीड़ितों और सताए जनों के लिए सहभाव वाली परानुभूति होती है—बुनियादी स्वतंत्रताओं वाले आत्मगत आग्रह तो होते

ही हैं इसके मूल में। कहना पड़ेगा कि प्रतिरोध अगर सेंसर, सर्वेलेंस, दमन और इस तरह की नियंत्रण-मूलक कारगुज़ारियों के लिए राज्यसत्ता द्वारा एकतरफ़ा इकट्ठा किये कुतर्कों और अमानवीय घेरेबंदी का प्रतिवाद होता है तो वह एक क्रियाशील भावात्मक साझीदारी द्वारा अनुप्राणित भी होता है। इस तरह वह विरोध की दृढ़ता होता है तो साथ-साथ क्रूरताओं से लड़ने के लिए परानुभूति और आत्मानुभूति के दो बड़े भावबोधों का दृढ़ीकरण वह करता है। इस प्रक्रिया में आत्मालोचन और वैकल्पिक संरचना की सहकार मनुष्यता का विपक्ष निर्मित होता जाता है। प्रतिकार और करुणा यदि दो बड़े मानवीय संवेदन हैं तो इस तरह आत्मन् के उन्नयन की अवस्थितियाँ बनने लगती हैं। जैसे आंदोलन में हिस्सा लेने वाले ऊर्जस्वित और विकल दिखते हैं, तनावमय उल्लास काव्यबोध को आप्लावित करने लग जाता है। इस तरह कविता केवल निषेध और विरोध को ही आवाज़ नहीं देती है, वह आत्मशोध और पुनर्निर्माण के प्रबोध की प्रसन्नता में भी परिघटित होने लगती है।

भारतीय राज्य के अमानवीय और नागरिक-विरोधी चरित्र को लेकर मेरे मन में कभी कोई मुग़ालता नहीं रहा लेकिन हाल के कालखंड में वह अधिक दमनकारी हुआ है। उसका फ़ाशीकरण और उसका सैन्यीकरण अधिक प्रकट और नागरिक-विरोधी हो गया है।

कह लीजिए कि जब बहुत घिरा हुआ निरुपाय महसूस कर रहा था तो नयी अन्तर्वस्तु ने ही नहीं, नये शैल्पिक उपकरणों ने भी ख़ुद को प्रस्तावित करना शुरू कर दिया। तमाम तरह की कला-प्रविधियाँ और रूप एक दूसरे की प्रतिस्पर्धा में खड़े होने लगे कि प्रतिकार की इबारत के लिए उनका उपयोग क्यों लम्बित है? यह स्मृति में फैली-बिखरी काव्य-विधियों की हलचल थी। एक रचनाकार के लिए इससे बेहतर आह्वान और कुछ नहीं हो सकते थे। इस तरह एक बार फिर पता लगा कि कविता एक साथिन है—दमन के बियाबान और नीरव में एक बड़ा दोस्त जो थोड़ी-सी आहट पाते ही आसपास घूमने लग जाती है कि मैं हूँ न! अगर राज्य दमन के लिए तरह-तरह की तरकीबें अपना रहा है तो प्रत्याख्यान के कंस्ट्रक्ट

के लिए रचनात्मक संसाधनों की विविधता का अवशोषण तार्किक और औचित्यपरक दिखने लगता है।

तब यह भी लगा कि अभिव्यक्ति पर चोट, आंदोलनों का दमन, सामाजिकता

को कई टुकड़ों में विभाजित करने के उपक्रम, सांविधानिक शासन और राज्य को बहुत बुनियादी तौर पर बदलने से पैदा होता संकट नयी विपक्ष-वस्तु को ही नहीं जागृत करता, वह नये विन्यास और कला-प्रयोगों की तरफ़ अंगुलि-संकेत करने लगता है जो अन्तर्वस्तु के कहन को अचूक शैल्पिक वैधता देता है। और ये नयी प्रविधियाँ भाषा और समाजों और संवेदनाओं के कितने ही स्रोतों से आती हैं। यह विन्यास रचना का स्थापत्य पाने में ही नहीं, उसका आशय पाने में भी मददगार होने लगता है। उसे विकसित और विस्तृत करने में। इस दुष्काल में सत्ता द्वारा किया जाता आत्मप्रचार और दुष्प्रचार सामूहिक स्मृति के लोप का एक बड़ा कारण बनता है। इस सांस्कृतिक विस्मरण का प्रतिवाद बृहत् मानवीय संस्मरण होते हैं। इस तरह सत्ता द्वारा प्रायोजित स्मृति की जगह एक नयी स्मृति की उद्‌भावना अनिवार्य हो जाती है। यह गढ़ी हुई स्मृति नहीं होती, ऐतिहासिक और सांस्कृतिक हादसों, युद्धों, आक्रमणों, विपत्तियों, विभाजनों और वैचारिक पराभवों के बीच मनुष्यता के बचने की स्मृति होती है। यह आदिवास का ही संस्मरण नहीं होता है, बार-बार उजड़ने के बाद बार-बार के पुनर्वास का जातीय स्मरण भी यह होता है। यह पारस्परिकता की स्मृति होती है। यह श्रम की स्मृति होती है। यह शक्ति-संरचना के उस स्मृति-निर्माण का विपरीत होती है जो सत्तात्मक राजनीति के तर्क से मनुष्य को उसकी जाति, संप्रदाय, नस्ल के जटिल प्रिज़्म से और इसलिए घृणा-दृष्टि के ज़रिए उसे पहचानती है या यूँ कह लीजिए उसकी मानवीय पहचान को मटियामेट करती है। निर्माणकारी स्मृति की युक्तियों के लिए कविता में बहुत जगह होती है। यह वैकल्पिक स्मृति कविता में कृतज्ञताबोध लाती है और साथ ही सभ्यताओं को नष्ट करनेवाली बर्बरताओं के सामने अपने को प्रस्तावित करती रहती है। कहना पड़ेगा कि राज्य का संकट-समय जो सामाजिक संकट में जल्दी ही दिखने लग जाता है, काव्यात्मक उपकरणों की पुनरीक्षा और काव्य- विवेक की जाँच का काल होता है। रोक-टोक और सर्वेलेंस के समय में कथन-भंगिमा बदलती रही है और यह कोई नयी बात नहीं

है। इस भंगिमा में एक नयी सृष्टि-दृष्टि का निर्माण होता है जो पीछे से आती हुई, वर्तमान से गुज़रती हुई, भविष्य के विज़न तक यात्रा कर डालती है—यह एक अन्तर्यात्रा में भी बदलने की तैयारी होती है। संकट में हम जितनी जल्दी भयग्रस्त होते हैं, उससे निकलने की प्रक्रिया में उतनी ही जल्दी लग जाते हैं। अवसाद, निष्क्रियता, निर्वासन, संदेह और संशय के आरंभिक आलोड़न की जगह उपाय, चेष्टा, आवासीयता और विश्वास ले लेते हैं। कह लीजिए कि हम एक पोएटिक एमरजेंसी में होते हैं। इस घेरेबंदी में लगभग जैविक तरीक़े से आत्मिक विवेक को पंख लग जाते हैं। तो जितनी बड़ी क़ैद, उड़ान भी उतनी ही व्यापक, दूरगामी, भावक, मर्मस्पर्शी, रणनीतिक और स्वतंत्रताकामी। यह नयी वस्तु और विकल्प की खोज होती है। इस रचनात्मक भिड़ंत की गूँजें दिगदिगंत में फैलती हैं। इस तरह ध्वनि, अनुध्वनि, प्रतिध्वनि और अन्तर्ध्वनि रचना को अनुप्राणित करने लगती हैं। नया समाज ही नहीं चाहिए, नया स्वतंत्रताकामी काव्यात्मक ढाँचा और प्रकल्प भी चाहिए।

ध्वनियों का ज़िक्र हो गया है तो कहना चाहूँगा कि कविता को मैं संगीत-बाह्य नहीं मान पाता। कविता अपना संगीत लेकर आती है फिर वह कितनी ही गद्योन्मुखी क्यों न हो। इसलिए भी अनुभव का शब्द ही नहीं, शब्द का अनुभव भी होता है। इस शब्दानुभव को अनुभूत करना उसकी ध्वनि और संगीत को महसूस करना है। बिना इस शब्दानुभव के मैं उसको प्रयुक्त नहीं कर पाता। कह लीजिए कि शब्द का एक संपूर्ण व्यक्तित्व होता है : शब्द-व्यक्तित्व का बाह्य जो उसकी ध्वनि में प्रकट हो और उसका आभ्यंतर जो उसके निहितार्थ में द्योतित हो। यह कविता लिखी तो गयी तनाव के पर्यावरण में तनाव की स्थितियों को वर्णित करते हुए लेकिन शायद यह वजह भी थी कि लय, नाद, अनुनाद कविता में अन्तर्ग्रथित होते रहे। बहुत सन्नाटा हो और डर-सा लग रहा हो तो व्हिसिलिंग शुरू हो जाती है। कविता में मेरे लिए बियाबान का वृत्तांत संगीत को जागृत कर देता है। तनाव और संगीत की यह जुगलबंदी इस कविता में दिखती है और कविता

में फैले तमाम अँधेरे के बावजूद इसे किसी तरह के संतप्त शिल्प से मुक्त किये रहती है।

कविता लिखते हुए आगे जाने का रास्ता हर दफ़ा मुँदा हुआ दिखता है ख़ास तौर पर तब जब पूरा ज़माना वस्तु का हिस्सा बनने के लिए तैयार बैठा हो, जो ज़माने का हक़ भी है। मेरे साथ पता नहीं कब से यह हो रहा है कि मैं लाइट जलाने के लिए या पंखा चलाने के लिए हर स्विच को जलाकर देखता हूँ। मुझे सचमुच याद नहीं होता कि किस स्विच से क्या जलेगा या क्या हिलेगा। कविता में भी मेरा यही हाल होता है। कल का अभ्यास और यत्न मेरी मदद आज नहीं कर पाता। क़लमकश होना मेहनतकश होना है। इस श्रम से अभिराम और कुछ नहीं। इस प्रक्रिया की सबसे बड़ी बात यह एहसास है कि आप यह काम बाज़ार के लिए नहीं कर रहे हैं। इसके पीछे कोई प्रतिस्पर्धा या हिंसक महत्त्वाकांक्षा नहीं है। और इस काम में आप हर रोज़ आविष्कारक हैं। रोज़ आप जेम्स वॉट और एडिसन हैं। हर रोज़ सूझ चाहिए। आप हर चीज़ को रोज़-ब-रोज़ रिइमेजिन कर रहे हैं। पुनर्कल्पना में जो सेल्फ़ करेक्शन होता रहता है, उसकी अनुभूति अन्यतम है। यह आत्मशोध की अवस्थिति है। इस तरह कल लिखी हुई पंक्ति सुविधा नहीं, असुविधा हो जाती है। बहुत पहले मैंने कविता लिखने के संदर्भ में हर बार पेंसिल छीलकर उसकी नोक पाने की बात कही थी। कवि को नोकीला बनाने के लिए अपने को रोज़ छीलना पड़ता है। ये खरोंचें कवि को पस्त किये रहती हैं। कवि सतत घायल क़लमदस्त योद्धा है जो एक अहिंसक लड़ाई लड़ता रहता है। कविता की प्रक्रिया में होना घिरा हुआ महसूस करने की सततता में होना है बावजूद इसके कि आप न तो संगीत से बहुत दूर हैं और न कृतिकारिता से निसृत होते आत्म-भराव से।

हम सभी वाक़िफ़ हैं कि कविता मात्र प्रतिक्रियात्मक कार्रवाई नहीं है। लेकिन कविता आसपास के दृश्यों से न तो अपने को बहुत दिनों तक काट सकती है और न अपने को बहुत दिनों तक स्थगित कर सकती है। तब कहना पड़ता है कि कविता प्रतिक्रिया नहीं, प्रक्रिया है जो दृश्य को उसकी

एकाश्मीयता में ही नहीं, उसके संस्तरों और संकुलता और सूक्ष्मताओं में देखती है। उसके विखंडन और उसकी आत्यंतिकता में। उसके पास एक ही समय में दूरबीन और ख़ुर्दबीन होती हैं। और तब वस्तु की सापेक्षता में ही कहन का विन्यास मिलने लगता है। जैसे-जैसे यह अन्तर्यात्रा बढ़ती है कल्पना, विवेक और विन्यास अन्तर्ग्रथित होने लगते हैं। कल्पना और परिकल्पना के बीच की आवाजाही तीव्रतर हो जाती है। यह भी है कि विकसित होती अन्तर्वस्तु की विकटता को देखते हुए एक लम्बी सामाजिक सुरंग से निकलने का कोई विकल्प नहीं बचता। इस कविता के साथ भी कमोबेश ऐसा हुआ।

सृजन-सृष्टि का अब यह एक बहुविध प्रकट तथ्य हो गया है कि स्त्रियों-दलितों-आदिवासियों-वंचितों-निर्वासितों-उत्पीड़ितों-वर्जितों के अनुभव, तनाव, इच्छाएँ, युक्तियाँ, ज़बान और स्वप्न हिन्दी का उत्कृष्ट आख्यान और रचनाएँ बनते हैं। जिस जटिलता और संश्लिष्टता को बड़ा काव्य-गुण और कला माना जाता रहा है, वह बहिष्कृतों के कॉमन सेंस के वितर्क में न्यस्त है, उनकी चिंताओं में, उनकी पुकारों में, उनकी चोट करने वाली कुफार और उक्तियों में, उनके व्यंग्य और कटाक्ष में, उनके हँसी-ठट्ठे में, उनकी दहाड़ और विलाप में, उनकी ललक और उदासीनता और दुस्साहस में, जीवन को बार-बार निर्मित करने और पाने की उनकी उद्यमशीलता और पेंचोख़म में। उनके टूटने और अपने को बार-बार बिखेरने और बटोरने में वह है। वे संवेदना और उपाय का अक्षय्य सघन हैं और उनकी उपेक्षा करके कोई भी भारतीय कविता भाषिक छल, शैलीकारिता, अनात्म स्थापत्य, छूँछ संवेगात्मक सरकस के अलावा और कुछ नहीं हो पाती—साहित्य में रीतिवाद, रसवाद, कलावाद, छूँछी आंतरिकता की अल्पजीविता, और उनके बहुत उदारता से किये मूल्यांकनों के बाद कुछ न निकलते निष्कर्षों से हम सब परिचित हैं। हिन्दुस्तानी वंचित का आख्यान और उनकी जानिब से आता प्रत्याख्यान भारतीय कविता का आदिवास और असल रहवास है। वह काव्य-कल्पना की रीढ़ और

उसका ढाँचा हैं। एक बार फिर इस पर ज़ोर देने की ज़रूरत है कि कोई कल्पना राजनीतिविहीन नहीं होती और कथित अराजनीतिक कल्पना के अपने राजनीतिक उत्स, आशय, रहस्य, संसाधन, वैचारिक विस्मय और लेबिरिंथ होते हैं। मानता हूँ कि एक समय में वंचितों के पक्ष में खड़े होने वाले रचनाकार सपाटता की एकरैखिक अभिधा में ग़र्क हो जाया करते थे। कविता की लम्बी परंपरा में उन काव्य-दोषों का निरसन हो चला है। रेटरिक परानुभूति की अनिर्वचनीय कला में बदल गया है और जब तक मानवीय माँगें बनी हुई हैं, यह प्रक्रिया गहन, तीव्र, तीक्ष्ण, संवेदन-समृद्ध और मीमांसा से भरी-पूरी होगी। यही हिन्दी विवेक और आत्मवान साहित्य है बाक़ी सब स्टाइल, शैलियाँ, रीतियाँ और छल। परानुभूति के पचड़े में न पड़ने वाला लेखक अहंकारक तिलिस्म की सीमारेखा के पार नहीं जाना चाहता।

कविता के पास हमेशा एक यूटोपिया होता है। एक प्रति-सृष्टि। जैसा कि संकेत किया गया, इस प्रति-संसार का एक सामाजिक विज़न भी होता है। इसे ही मैं पॉलिटिक्स ऑफ़ इमैजिनेशन कहना चाहूँगा। कल्पना संकल्पना से निकलती है और परिकल्पना में बदलती है। इस तरह यह कविता उजड़े दयार में चलता एक सेमिनार बनती गयी। काव्यात्मक निबंध। पोएटिक एसे। हिंसा का इतिहास। इसीलिए इसमें तमाम तरह की आहटें और आवाज़ें समाती हैं और वृत्तांत को प्रगाढ़ करती हैं। लेकिन प्रदीर्घता न तो प्रगल्भता है और न शब्दाधिक्य की रियायत। इस बात को भी नहीं बिसराना चाहिए कि बहुत छोटी कविता भी शब्दाधिक्य और प्रगल्भता का शिकार हो सकती है, होती रहती है। खड़ी बोली ने एक लम्बी अन्तर्यात्रा तय की है और उसकी मर्मभेदी, निहितार्थक, प्रयोगशील और मानवीय होते जाने की संभावनाएँ अक्षय्य हैं। यह कविता उस भाषा-शक्ति का अवशोषण करती है और प्रत्याख्यान, पारस्परिकता और पुकारने के कामकाज को बढ़ाने की कोशिश करती है—एक नयी संरचना की अनदेखी भी वह नहीं करती।

हम जानते हैं कि हमारा काम अगर हताशा से नहीं चल सकता तो आशावाद

की अतिरिक्तता जातीय चेतना की अपर्याप्तता को छिपा नहीं सकती। तो हमारे समय में होती बहसें इस कविता के इमामबाड़े में शरीक होती गयीं। सत्ता के लिए भूलभुलैया कुछ दिनों की छिपने और अदृष्ट रहने की आड़ बन सकती है लेकिन उसकी अधमता को कभी भी पहचान पाना मुश्किल नहीं था। विरूपित और पाखंड ही सही जो अधमरा और निर्जीव लोकतंत्र अवशिष्ट है, उसके तकाज़े से भी सत्ता के प्रतीकों को बाहर आना ही पड़ता है। लेकिन उनके बाहर निकलते ही उत्तर-सत्य का पर्यावरण भी बाहर आता है। इस आवरण को चीरने के लिए प्रतिकार की सर्जनात्मक आकुलता घुमड़ती रहती है—अँधेरे में आत्म-प्रकाश की वारदात। और सत्ताओं को पहचानने के क्रम में जब ईश्वर का इतिहास खँगाला जा रहा हो तब वाचक और सूत्रधार का अतीत आख्यान-बाह्य हो जाय यह संभव नहीं रहा और न ही स्वाभाविक। इस तरह पर्सनल मेमरी कविता का मस्तूल बनती गयी काले, गहरे, झंझावाती और डरावने वृत्तांत और वितर्क के महासमुद्र में। लेकिन कविता की तात्त्विक अन्तर्यात्रा एक बीहड़ सुरंग से गुज़रती है जिसके रास्ते में कितने ही जलाये, उजाड़े और बर्बाद किये गये स्टेशन मिलते हैं। तबाही का यह बिखराव कविता का बिखराव भी बनता जाता है। इस तरह काव्याकार बृहदता की ओर ढुलकने लगा। मैं जब तक समझ पाता, इस कविता का कार्यभार गुरुतर हो चला था। तब एक सवाल भी मन में आया कि काव्याधुनिकता की मध्यवर्गीय प्रकृति ने क्या महाकाव्य के आकार को ही नहीं उसकी युगीन चिंताओं, उसमें उठाये जाते बृहत् प्रश्नों और उसकी मीमांसा को भी हमसे छीन लिया? इस संदर्भ में मुक्तिबोध और महमूद दरवेश याद आते हैं—इनमें से एक नेहरूवियन लिबरल फ़शाड के पीछे धीरे-धीरे खिसकते-ढहते देश का पुनरुद्भव, रिंओरिएंटेशन और पुनर्निर्माण चाहता है तो दूसरा एक खोये हुए देश फिलिस्तीन को फिर से पा लेने के लिए निद्राविहीन है। दोनों के ही सामाजिक स्वप्न और राजनीतिक कल्पनाएँ बड़ी हैं तो उनकी कविताओं का आकार भी बार-बार प्रदीर्घ होता जाता है। वे कविता को प्रतिरोध

और जातीयता के पुनर्निर्माण का विकसनशील उपकरण बना देते हैं। और तब प्रखर तौर पर पोलेमिकल विजयदेव नारायण साही की उस बात की पुनरीक्षा का मन होता है कि कविता से किसी बड़े पुरुषार्थ की अपेक्षा ठीक नहीं। दिक़्क़त यह भी है कि हर काम पौरुषेय कोण से हो। इशारा बस यह करना है कि उद्घाटन-उद्भास-आविष्कार, शब्दानुभव, वाक्यानुभव, अर्थानुभव और अनुभवानुभव से गुज़रती कविता अपने वातावरण, समकाल और आगत पीढ़ियों पर जो प्रभाव डालती है उसका लेखा-जोखा लगभग अकल्पनीय है। उसने प्रेम और बदलाव के मानवीय रसायनों में कैसी आत्मगत और सामूहिक हलचल पैदा की है, उसे भाषिक जातीयता की संवेदना के इतिहास का छात्र होकर ही समझा जा सकता है। इन रसायनों ने मानवीय सम्बन्धों के डायनिमिक्स को बदला, राज्य सत्ताओं से ऊब, मोहभंग और हताशा का प्रतिवाद निर्मित किया और भाषाओं को आत्मीयता और विरोध के नैतिक और आत्मवान् वाक्य दिये।

यह कविता जब एक नये भारतीय मनुष्य—एक वैकल्पिक नागरिकता—को आविष्कृत करने की तरफ़ बढ़ चली तो मैं समझ गया कि इसने हिन्दुस्तानियत को जाँचने-परखने का बोझ अपने सिर पर ले लिया है। हमारी नागरिकता के निर्माता अदृष्ट अन्य भी हैं। यह अनुकूलित नागरिकता है जिसे पैदा करने और जिंस के तौर पर इसे उपयोग में लाने का काम राज्य करता है और इस राज्य को बनाते हैं राजनीतिक दल और राजनीतिज्ञ जो मूलगामी तरीक़े से ताक़त और संसाधनों को संचालित करने की वासनाएँ हैं। राज्य की यह ताक़त मूल रूप से रूढ़िवादी है जो बदलाव नहीं चाहती और परंपरा को एक क़ैदख़ाने की तरह बरतती है। दरिद्र भारत को अधिपति राज्यसत्ता ने शक्ति क्रीड़ा की लीलास्थली बना दिया। इस तरह भारतीय जन अशक्तीकृत निरुपायता है। बैलट बक्से चायनीज़ बक्से हैं जहाँ डिब्बे के भीतर डिब्बा है। तो वोट दिया जाता है स्वतंत्रता, समानता और बंधुता के लिए, पड़ जाता है दरिद्रीकरण, आज़ादी के अपहरण और घोर विषमता के लिए। और भारतीय राज्य दो-तीन प्रतिशत ताक़तवरों की दुरभिसन्धि

बनता जाता है। तो वोट या तो पतनशील शासक के लिए होता है या किसी झूठे, फूहड़ और बर्बर तानाशाह के लिए। इसीलिए हमें अनुकूलित नहीं, प्रतिकूलित नागरिकता चाहिए। ज़ाहिर है कि जनविरोध के रसायनों से निर्मित राज्य इस नागरिकता का स्रोत नहीं हो सकता। इसलिए नयी नागरिकता का आविष्कार युगीन कार्यभार है। और इसीलिए आत्मशोध और आत्मबोध का बाबावादी नहीं एक राजनीतिक-सांस्कृतिक और पर्यावरणीय संदर्भ है। यह कार्यभार आसान नहीं है लेकिन यही वह युगीन अन्तर्वस्तु है जो कविता की अन्तर्वस्तु होती जाती है। इस प्रकटन ने मुझे गहरे संकोच में डाल दिया। इसके लिए मैं तैयार नहीं था। लेकिन इस ठीक-ठीक न दिखती प्रक्रिया की अच्छी बात यह थी कि यह सब कुछ सामाजिक न्याय के संघर्षों से उद्‌भूत और निसृत था जो बरसों से मुझे घेरता रहा है। तब लगा कि तमाम संस्तरों पर चलती लड़ाइयों के बीच गहरा आवयविक सम्बन्ध भी है जिसके अभिज्ञान की ज़िम्मेदारी कविता ने कब उठा ली इसका अंदाज़ा धीरे-धीरे ही हो पाया। कहना पड़ेगा कि जब तक यह अनायासता कविता की रचना-प्रक्रिया का हिस्सा नहीं बनती कविता में संवेग और संवेदना, करुणा और रोमान, उद्विग्नता और उल्लास का प्रवेश नहीं हो पाता। तो कविता को मैं ही नहीं लिख रहा था, वह भी मुझे लिख ही नहीं, पढ़ भी रही थी। मोहे तो मोरे कवित्त बनावत। दरअसल हम को समय लिखता है। कवि और कविता दोनों को। यह कोई नियतिमूलक समय नहीं है, यह अवधारणा समय है। समय निर्धारित होता ही है विचार से। इस तरह पारिस्थितिकी प्रणोदक का काम करती है। ऐतिहासिक समय सबसे बड़ा लेखक है—वह इस या उस 'मैं' में अपने को विन्यस्त करता है जिसे वह अपनी अग्रसारिणी अन्तर्वस्तु के लिए चुनता है। यह 'मैं' अपने समय द्वारा निर्धारित होते हुए भी उसे अतिक्रमित करता है। कविता का मैं इसीलिए कथा के 'मैं' से अधिक संभावनाशील होता है। इस मैं का आस्तित्विक व्यक्तिनिष्ठ घेरा कितना ही संश्लिष्ट क्यों न हो, चलता वह सामाजिक धरा पर है, उसकी हवा राजनीतिक है, उसका आकाश सांस्कृतिक और अग्नि उसकी चेतना

है। उसमें लाखों सालों की जेनेटिक स्मृति है। इसलिए अस्तित्व की गरिमा का मानवीय स्मृति और सामाजिक संस्मरणों से संघात और संलाप साथ-साथ चलते हैं। यह वजह भी है कि इस कविता का मैं नागरिकता का कोलाहल है। वह मटमैला 'मैं' है। वह जितना आत्मपरक है, उतना ही वस्तुपरक और समूहस्थ। जितना आत्मशोधक, उतना ही जागतिक। उसके आत्म में देशकाल समाया है। उसकी अर्थवत्ता देशकाल से जितना निर्धारित होती है, देशकाल भी उसके आत्मन् से उतना ही संवलित होता है। इस दुविधाजनक रिश्ते को न समझ पाना छद्म आत्मबोध की ऐसी खाई खोदना है जो आत्मवध का पर्याय होगी। इसकी आड़ लेकर दूसरों की मुक्ति का युद्ध तो नहीं ही लड़ा जा सकता, अपना पक्ष भी किसी आत्मरति के हवाले करने का सामान तैयार हो रहा होता है। इस कविता का 'मैं' निराला के 'मैंने मैं शैली अपनाई' का सृष्टि-संपृक्त और विश्व-संसक्त 'मैं' है। यही पॉलिटिक्स ऑफ़ सब्जेक्टिविटी है जिसके आशय फ़ूको में तलाशे जा सकते हैं। यह मैं उस आत्मबद्धता का विपरीत है जो अपने को समाज से विच्छिन्न मानने का व्यामोह पालता है और ऐंद्रिय भावावेगों को प्रामाणिक। 'मैं' की निराशा समकालीन मोहभंग को द्योतित करती है। वह सबवर्सिव विपक्ष है। उसका झगड़ा राज्य से है। कविता की प्रक्रिया और संरचना ने ही प्रकाश दिया कि द्वीप-द्वीप दिखनेवाले जन जिस व्यक्ति-गरिमा और व्यक्ति-विवेक के लिए आग्रहवान् हैं, उनका व्यक्ति-अस्तित्व किसी बड़े सामूहिक विवेक और संवेदन के साथ टकराता नहीं है बल्कि उसका हिस्सा बनकर उसे मानवीय, शक्तिमंत और दीप्तिवान बनाता है।

*ख़ुदी ख़िल्क़त का रेज़ा-ख़ुर्द*
*ख़ुदपरस्ती-ख़ुदनुमाई ख़ुदफ़रेब*

एक और बात : तमाम आख्यानों और उपाख्यानों की लोकतांत्रिकता अपरिहार्य हो भी तो महाख्यान की एजेंडाई ज़रूरत बरक़रार रहती है। कि जैसे व्यक्ति-गरिमा और व्यक्ति-विवेक की एकांतिकता की वैधता के बावजूद सामूहिक मुक्ति की अनिवार्यता के युगीन कार्यभार की

अपरिहार्यता। इसलिए उत्तर-आधुनिकता एक अधूरी किताब है वैसे ही कि जैसे आधुनिकता की एकाश्मीयता और केंद्रीयता और सत्य को जानने की दावेदारियों में एकांगिता के इशारे किये जाते हैं और ठीक ही।

नयी राह नयी ज्ञानात्मकता की तरफ़ ले जाती है—नये आविष्कार और नयी सूझ की जानिब। हस्तक्षेपीय मौलिकता इसका प्रतिफल होती है। एक वैकल्पिक दुनिया के लिए आग्रह करती कविता की वैकल्पिक संरचना की अदेखी नहीं की जा सकती। कविता यदि किसी यूटोपियाई समानांतर संसार को बनाने की ज़िद करती है तो यह उसकी मूलभूत प्रकृति और अधिकार है। इस कविता को मैं पिछले डेढ़ साल से लिख रहा हूँ—बीच में आते तमाम अन्तरालों के साथ—जिसके लिए प्रखर आलोचक-संपादक संजीव कुमार ने कुछ बिहँसते हुए कहा कि एक उपन्यास को लिखने की यह आदर्श अवधि है। हो सकता है इस कविता में भी औपन्यासिकता दिखे। उपन्यास-सा यह काव्याकार इसलिए भी है कि इसमें किसी ऐतिहासिक संकट से ट्रिगर होती अन्तर्वस्तु के इर्द-गिर्द बरसों के संस्मरण, चोटें, स्वप्न, मैत्री, असहमतियाँ, संवाद, दृश्य और विमर्श समेकित होते गये हैं। कविता के इस थिएटर में तरह-तरह की आवाज़ें और उनको सुनने के प्रयत्न हैं। इस तरह निसर्गतः कविता पॉलीफ़ोनिक होने लगती है जो एषणा की समकालीनता और सीमांत की हठी असहमति पर कान धरे रखती है। कविता में एक और राज्यरूप को पाने का संघर्ष एक और काव्यरूप को पाने की लड़ाई से अलग नहीं है। कविता की बिखरी संरचना से इस बात का पता मिल जाता है कि यह कविता परंपरा द्वारा प्रदत्त ढाँचे को स्वीकार नहीं कर पाती। इसकी वजह कोई बाह्य कवि-प्रयत्न नहीं, कविता के भीतर से निकलता आग्रह और उन्मेष है जो इसे कोई काव्याकार देने की कोशिश करता है। इस तरह के विकसनशील रैडिकल आमंत्रणों को मैं पहले भी ठुकरा नहीं पाया। और तब समकालीन साहित्यिक दबाव और परंपरा की कोई भी घेरेबंदी ढह जाती है, कर्ता होने का अहंकार तज उठता है और तबीयत पर बेफ़िक्री छा जाती है कि कविता ख़ुद को सँभाल लेगी। यह

किसी पिता का बेटी पर बिंदास भरोसा करने और उसे पूरी तरह स्वतंत्र कर देने जैसा है। रचयिता और रचना के बीच व्यक्ताव्यक्त तरीक़े से घटित होती संयुक्तता और वियुक्तता की दुविधाजनक द्वंद्वात्मकता के बारे में हम सभी जानते ही हैं। इस मूर्त्तामूर्त्त प्रक्रिया से अधिक गहन, मानवीय और मार्मिक कुछ भी नहीं। यह भी कह दिया जाय कि अयासता की तरह विद्रोही विक्षिप्ति कविता में विद्ध होती है जो उसके सत्य बोलने और मुक्तिकामी होने के कारोबार को निर्बल नहीं होने देती। यह विक्षिप्तता और हवास खोने की मनोदशा राज्य के अधिकाधिक संदेहास्पद और आततायी होते चरित्र के समानांतर ही बढ़ती है और सूफ़ियों की तरह राज्यत्व के दायरे से बाहर रहती है। कविता की प्रणोदक शक्ति इसीलिए एकाश्मीयता में नहीं, बिखराव में दिखती है। कह लीजिए कि कविता सबसे पहले आलाप की तरह आसपास घूमती मँडराती है। फिर वह आत्मालाप के किसी बियाबान में ले जाती है। इससे बाहर आना आसान नहीं होता। इस बीच विलाप या दुख का कहन है जो भारतीय कविता को वैध बनाता है। विलाप जिसको स्त्री के साथ अभिज्ञापित करके पुरुषप्रधान समाज इसकी खिल्ली उड़ाता रहा है, ग्रामीण भारत की निरुपायता और दरिद्रता का बृहद् रूपक रहा है। अवध की स्त्रियों का विलाप लेजेंड्री है—वह निराश्रितता की दुखाभिव्यक्ति होती है। यह रुदन घर में या जीवन में 'कुछ नहीं है' के अभाव का वृत्तांत भी होता है। भारतीय कविता में इस दुख का अन्तर्भाव यदि नहीं है तो कविता भी नहीं ही है। लेकिन प्रलाप है जो कविता को नियंत्रणमुक्त करता है। कृतिकार विक्षिप्तता पूर्वग्रहों और संरचनाओं को ढहाने का काम करती है। विलाप और प्रलाप मुख़्तलिफ़ तौर पर भारतीय देहात की विपन्नता और विवशता के उद्‌भास हैं। संलाप इसके बाद की ऐसी प्रक्रिया है जो आत्मालाप की सब्जेक्टिविटी को विगलित करती है। तो अगर इस रास्ते से आइए तो कविता आलाप, आत्मालाप, विलाप, प्रलाप और संलाप से गुज़र सकती है। यह चकित ही करता है कि ये भावात्मक प्रावस्थाएँ हिन्दी शब्दविधान में लगभग योजनाबद्ध तरीक़े से मौजूद रही

हैं—कि जैसे ये आविष्कृत किये जाने के लिए आतुर थीं। कवियों और दार्शनिकों और चिंतकों को मार देने या जेल में डालने या पागल कहकर अकेला कर देने और इस तरह किनारे लगाने के उपकरण हर समाज में रहे। विलाप अपनी उद्विग्नताओं को कहने के लिए और प्रलाप अकुंठ और दुस्साहसी तरीक़े से सत्याविष्कार और उसे व्यक्त करने के लिए। ये दोनों भले ही अभिव्यक्ति की अतिरंजित प्रावस्थाएँ हों, धर्म, शासन, संस्थाओं और विचारों के पराभव और पतन को कहने के लिए इनसे बचने या इन्हें हास्यास्पद मानने का मतलब होगा वातावरण में फैले सामाजिक या राजनीतिक भय से संचालित आत्म-सेंसर और आत्मानुशासन से अपने को निर्धारित होने देना और दमनकारी राज्य की पक्षधरता करना। यह वर्चस्वमूलक विमर्श के सामने सिर झुकाना होगा जो विलाप और प्रलाप को अभिजन-विरुद्ध मानता है। इसीलिए सिनिसिज़्म कविता के लिए लगभग ज़रूरी घटक है। वह कविता के डीएनए में समाहित है जिसे खुरचकर निकालने का प्रयत्न कविता के मूल स्वभाव से छेड़छाड़ मानी जाएगी। विलाप और प्रलाप हिन्दी के दो वर्जित मनोभाव हैं। विलाप दुःख को कहने की आत्यंतिकता है। और चीज़ों के अलावा वह दुःख को कहने का नाट्य भी है। वह एक प्रविधि है। वर्चस्व को बरतने वाले नहीं चाहते कि दुःख का बयान इतना शोर मचाकर थिएट्रिकल तरीक़े से किया जाय। यह तो अन्याय की भर्त्सना है। तो क्यों सत्ता इसको भदेस न बताए! दिलचस्प है कि विलाप का Gentrification और अभिजनकरण करके मध्यवर्ग उसे आह और अवसाद में बदल लेता है! प्रलाप इससे भी नाज़ुक मनोभूमि है—वह अंट-शंट बोलने का पर्याय है। लेकिन इस अंट-शंट में निर्बल की शिकायत

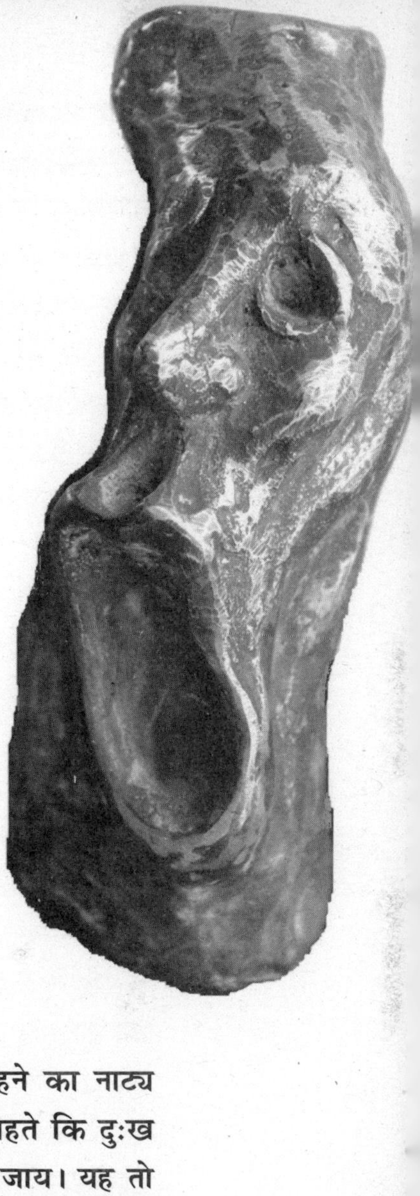

होती है। सताये जाने और उसके कारणों का ब्योरा हुआ करता है। इसमें सच कहा जाता है क्योंकि यह सेंसर और सेल्फ़ सेंसर के बाद की मुक्ति का चरण होता है। प्रलाप को विलाप से भी ज़्यादा उपेक्षा का शिकार होना पड़ता है और वह प्रायः शासकीय हिंसा को उकसाता है। वह लिंचिंग के लिए भीड़ की सर्वानुमति बनाता है। प्रलाप की नियंत्रण-मुक्ति कथन को सत्य से अनुप्राणित किये रहती है। विलाप और प्रलाप दोनों ही प्रतिपक्ष की अभिव्यंजनाएँ हैं। कविता में ये प्रावस्थाएँ कविता को स्वतंत्रताकामी बनाती हैं। उसे सेंसर और सेल्फ़ सेंसर दोनों से आज़ाद करती हैं। विलाप और प्रलाप दोनों के बारे में बात करते हुए अन्ना स्विर की कविता की दो पंक्तियाँ याद आती हैं— *क्यों करें बात/अगर चिल्ला सकते हैं।* आख़िर बात क्यों अपर्याप्त लगने लगती है और चिल्लाना क्यों पड़ता है। क्योंकि, राज्य अक्षम, विवेकहीन, क्रूर और लापरवाह तो है ही, वह अपने पतन को छिपाने के लिए मतिभ्रम का धुआँ फैला रहा है और असहमति का दमन कर रहा है। वह समाज में न्यस्त सामुदायिक पारस्परिकता के उपकरणों को निष्क्रिय बना रहा है। राज्य और समाज में आये इस सन्नाटे को तोड़ने के लिए अभिजन की हिक़ारत झेलते भावबोध विपत्ति की अभिव्यक्ति और असहमति कथन के काम आते हैं। यह संवेगीय भले ही हो, इसकी सूझ अप्रतिहत और अकाट्य होती है। आभ्यंतर या बाह्य रूप में होते इस कोलाहल काल की उत्तेजना और थकान और अस्थिरता के बाद संलाप की प्रावस्था आ सकती है। इस मीमांसा समय का धीरज तमाम अधीरताओं को समेकित करने लगता है। कविता को एक विज़डम अनुप्राणित करने लगती है। कविता आलाप, आत्मालाप, विलाप, प्रलाप और संलाप की प्रावस्थाओं से गुज़र सकती है और नहीं भी और सब कुछ इसी क्रम में हो यह भी संभव नहीं। बाज़ दफ़ा वह एक ही अवस्थिति में अपने को व्यक्त कर सकती है। प्रक्रिया पर बात करना आशय और भाषा पर बात करना है और उसका महत्त्व है। लेकिन कविता किसी भी क्रम को अतिक्रमित करने की संवेगात्मक विज़डम है। 'जिधर कुछ नहीं' कितनी ही अवस्थितियों और

मनोभूमियों में अपने को खोती-पाती है। लम्बी या महाकविता के बिखराव इसीलिए हमारे संशयों का भार उतारने के लिए सांस्कृतिक और राजनीतिक अपरिहार्यता हैं।

संरचना पर बात करते हुए थोड़ा-सा अवांतर दिखते मैं इस प्रश्न से नहीं बच पा रहा कि किसी भी भाषा का काम क्या एक-दो तरह की काव्य संरचना से चल सकता है और इसलिए छंदहीन अतुकांतता क्या हिन्दी कविता की नियति है? ऊपर से यह सवाल कितना ही सरल लगे, हैं इसमें कितनी ही तहें। पहली बात तो यह कि जैसे एक कवि दूसरे कवि का स्थानापन्न नहीं होता वैसे ही एक संरचना दूसरी संरचना की जगह नहीं ले सकती। एक गतिशील भाषा में वस्तु को कहने के लिए तरह-तरह के रूप प्रस्तावित होते रहेंगे और उनके रचनात्मक स्वरूप भी दिखते रहेंगे। इसलिए वस्तु और भाषा में ही नहीं, संरचना में भी बदलाव एक बड़े साहित्य का अनिवार्य गुण है। इस नज़रिए से देखें तो उर्दू में कहन का मिज़ाज बहुत बदलता नहीं। अधिकांश को ग़ज़ल कहनी है। यह कहन की रूढ़ि है जो सामाजिक रूढ़ि का रिफ़्लेक्शन भी हो सकती है और जो वस्तु-विस्तार और अनुभव-विस्तार के पाँव की सबसे बड़ी ज़ंजीर होती गयी है। ग़ज़ल का पाठक और श्रोता बढ़ता रहा और हर पीढ़ी में रहा लेकिन उसने आस्वाद और ऐस्थेटिक्स की ऐसी शर्तें आयद कर दीं कि जैसे कनपटी पर रखी पिस्तौल कि ज़रा सा हिलने का मतलब होगा अदबी कुफ़्र। ग़ज़ल उर्दू ज़बान का सबसे बड़ा रूढ़िवाद है लेकिन उसकी सात–आठ सौ सालों की अटूट परंपरा, उसकी संवादात्मकता, उसको लेकर की गयी वस्तुगत रोमानी प्रत्याशा, उसका आकार, उसकी लय, उसका आंतरिक संगीत, उसका प्रदत्त ढाँचा, उसके सौदा, मीर और ग़ालिब न उसके पाठक और श्रोता कम होने देते हैं और न उस आकार में बहुत कहने की इजाज़त देते हैं। तो ग़ज़ल एक फाँस है जिसका रोमांस अक्षय्य है लेकिन बंदिश यह कि जो कहना हो इतने में कह के निकलो। हिन्दी ने संरचना की इस मुमानियत को तसलीम न किया। शमशेर उर्दू को अदबी तौर पर क्या ख़ूब बरत सकते थे और उर्दू में वह

जदीद की क्या ही आवाज़ होते। लेकिन तय किया उन्होंने हिन्दी में लिखना। शमशेर का हिन्दी में काम करने का चयन किसी बड़े रूपक से कम नहीं है। वह यह बताता है कि ग़ज़ल ही नहीं, नज़्म की मीटरबद्ध मुमानियत को भी तसलीम करने को वह तैयार न थे। यह कहन की स्वतंत्रता का चयन था। हिन्दी में छंद तो सौ तरह के थे और कम पड़ने पर संस्कृत का गोदाम था लेकिन उसकी आधुनिकता की शुरुआत ही छंद के बंधन को तोड़ने के आह्वान के साथ हो गयी। पद, दोहा, चौपाई, कुंडलिया तो गुज़रे ज़माने का शिल्प होते रहे। निराला ने अपने ही समकालीन प्रसाद के 'कामायनी' और 'आँसू' और महादेवी के छंदों को खड़े-खड़े अस्वीकृत कर दिया। चेतना की नयी ऊँचाइयाँ छूते हिन्दी विवेक को असहमति, निर्माण, और बहसबाज़ कविता के लिए गद्यात्मकता का लम्बा-चौड़ा मैदान चाहिए था। यह अन्तर्वस्तु को पाने लेकिन पाठक को खो देने का विकट, उत्कट और ऐतिहासिक विकल्प और प्रकल्प था। निराला ने वह मैदान अपने लिए और आने वाले रचनाकारों के लिए लड़कर लिया लेकिन उन्होंने छंद से किनारा भी न किया। 'सरोज स्मृति' गद्यशील छंद का अनुपम उदाहरण है। 'जिधर कुछ नहीं' की संरचना उर्दू-हिन्दी के दाय के बिखराव को एक जगह समेटने से नहीं, उनकी स्वतंत्रताओं में उनकी शक्ति को उपलब्ध करने की विनम्रता से बनती है जो कविता की विस्तारित होती वस्तु को प्रगाढ़ करने में नियोजित होती है।

इस दौरान मैं यह समझ सका कि हिन्दी भाषा का अपहरण करके उसका पुनरुत्थानवादी, विजड़ित, प्रतिगामी, और पराभवमूलक इस्तेमाल पहले और इस बीच भले ही किया जा रहा हो, उसकी आंतरिक ऊर्जा अप्रमेय और अपराजेय है। मैं बहुत तीक्ष्णता से महसूस कर रहा हूँ कि समाज के साथ साहित्य का एक टुकड़ा भी मिथोमेनिया की तरफ़ जा रहा है और जो हमारे सुख-दुःख के स्त्रोत बुद्ध की तरह कार्य-कारण सम्बन्धों में ढूँढ़ने की बजाय इतिहास और समकाल का मिथकीकरण करता है। ज्ञान के तमाम स्त्रोतों को नष्ट करने की जो मशीनरी राज्य

और राजनीतिक और सीधे सत्तात्मक स्तर पर शुरू हुई और जिसकी एक अँधेरी रूढ़ि और साहित्यिकता सतत रही थी, अब वह अधिक संगठित और दृढ़ होती जा रही है। आस्था का सौंदर्यशास्त्र निर्मित किया जा रहा है जो अनिवार्य रूप से अतीतवाद और स्मृत्यात्मक रोमांस से निसृत होता है और पुष्ट भी उसे ही करता है। इस अज्ञानात्मक आस्था को ज्ञानात्मक जामा पहना दिया जाता है और कुतर्कित विश्वास की अंधताओं में इसका सामाजिक आधार पा लिया जाता है। कुल मिलाकर यह कि रूढ़ि को बचाना मनुष्यता को बचाने के विचार में घटित कर लिया जाता है। जो थोड़ा-बहुत जनतंत्र बचा है, उसे एक संवेगीय भीड़तंत्र में बदलने का कामकाज बड़े जतन से संपन्न हो रहा है और ऐस्थेटिक्स ऑफ़ फेथ का एक संजाल बनाया जा रहा है। इस तर्कशत्रु उत्तर-सत्य समय में शाश्वततावादी रहस्यवादी भाषा को उपलब्ध करना मुश्किल नहीं होता जो भाषिक संरचना के छूँछपन में परिघटित होता रहता है। एक देह को पाने के प्रयत्न में आलोक पाने का सूफ़ियाना हुनर तक यहाँ नहीं होता!

जैसा कि कहा गया, यह कविता लूटे जाते हिन्दुस्तान और उसकी विनष्ट होती नागरिकता की कथा कहने की कोशिश है जिसमें प्रतिकार के विमर्श ख़ुद-ब-ख़ुद शामिल होते जाते हैं और ये मसले-मसाइल भारत के दुर्भाग्यपूर्ण दायरे में ही नहीं दुनिया के किसी भी कोने में अपनी जगह और आवाज़ पाने की कोशिश में लगे हैं। लेकिन इस बात को लेकर मैं सजग था कि इस कविता पर समकालीनता के कितने ही बड़े दबाव हों, यह इबारत नियंत्रण और प्रतिकार के आख्यान का लार्जर व्यू ले और घटती हुई स्थितियों की शार्प प्रतिक्रियात्मकता में ही रेड्यूज़ न हो जाए। अगर इसको उदाहरण देकर बताना हो तो कहना पड़ेगा कि कविता अपने ईश्वरीय विमर्श में यह प्रस्तावित करती है कि अगर होना ही है तो कविता का कलात्मक और आत्मवान् आयुधीकरण हो, धर्म का नहीं, और फ़साद और युद्ध के मैदान फ़ुटबॉल की फ़ील्डों में बदलते जाएँ। ब्रेख्ट इसके अनुपम उदाहरण हैं—कविता को विमर्शीय आयुध बनाने के। बात निकल

ही आयी है तो कह दूँ कि ईश्वर और उसके देवदूतों या मध्यस्थों की अगर कोई ऐतिहासिक और सांस्कृतिक भूमिका थी, तो उसका अन्त हो चुका है। यह बात हो सकता है पुरानी लगे लेकिन ईश्वर तो नये कपड़े पहनकर हमें हलकान कर रहा है और हमारे आवेगों और विमर्शीय ऊर्जा को कारयित्री बनाने के बजाय उन्हें ज़ाया कर रहा है। ईश्वर जहाँ भी अधिक मात्रा में होता है, वह अपने आसपास उतने ही निर्जीव अधिनायक खड़े करता है।

इस कविता को लिखने की थकावट में हाँफते हुए यह भी कहना चाहता हूँ कि भाई, यह कविता बिना श्रमिक हुए और बिना उसका पसीना बहाये लिखी नहीं जा सकती थी!! तो काव्य में यह मज़दूरियत का स्मरण है! अरस्तू ने कविता को श्रमसाध्य काम कहा भी।

कह सकता हूँ कि इस कविता में पुस्तकों को सहेजने की संस्कृति के प्रति गहरी कृतज्ञता भी है। यह गाथा मेरे जीवन में आते-जाते पुस्तकालयों का अशांत कर देने वाला संस्मरण है जिनमें इलाहाबाद की पेडागॉजिकल इंस्टीट्यूट की लाइब्रेरी, हिन्दी साहित्य सम्मेलन का ग्रंथागार, ऐलफ्रेड पार्क (जो अब ठीक ही चंद्रशेखर आज़ाद पार्क के नाम से जाना जाता है) में स्थित इलाहाबाद पब्लिक लाइब्रेरी और रीवा की वेंकटरमण लाइब्रेरी की स्मृति-कौंध जब-तब मुझ पर बिजली की तरह गिरती है—ख़ास तौर पर वेंकटरमण लाइब्रेरी की याद जिसके बच्चों वाले सेक्शन से निकलकर मैं चुपचाप बड़ों के सेक्शन में आ जाया करता था जहाँ से मुझे फिर बच्चों के सेक्शन में खदेड़ा जाता था। उस समय इससे बड़ी सज़ा मुझे और कुछ नहीं लगती थी। साहित्य अकादमी, दिल्ली के पुस्तकालय में मैं बैठा तो काफ़ी लेकिन वह मुझे हमेशा आत्महीन और बहुत कारोबारी जगह लगी। कुछ भी हो पुस्तकालय मेरे वधस्थल रहे—उन्होंने मेरा चैन हरा। तो क्या यह कविता आत्मकथा के टुकड़ों का संयोजन है? है और नहीं भी। कोई भी रचना अहमनामा और आदमीनामा के बीच का द्वंद्व और दुविधा ही होती है। वह अपने समय की पोलिटिकल और पर्सनल हिस्ट्री होती है

लेकिन आत्मकथा की नितांतता से वह बचती रहती है। कह लीजिए कि यह किसी भी कविता की जीन्स में समाहित है।

जाते-जाते एलियास कनेटी की किताब का वह वाक्य याद कर लूँ कि Every cowardice, every restrain is a sin for writer. His boldness lies in utterance. यह वाक्य जिस किताब का है उसका नाम *ह्यूमन प्रूडेंस* है जिसको पढ़ने की सलाह मेरे सन्मित्र मराठी कवि और अनुवादक गणेश विशपुते ने दी थी।

बात को ख़त्म करने के पहले एक बात और बताना चाहता हूँ कि कैसे टोनी गैटलिफ़ की फ़िल्म *Djam* ने मुझे कविता के उन अपेक्षया छोटे लेकिन आलोड़नकारी हिस्सों को लिखने में मदद की कि जब मैं सामाजिक ऊँच-नीच, सोपानीकरण और बहिष्कार की सवर्णवादी तरकीबों के संजाल से रू-ब-रू था। *Djam* आज़ादी के लिए विकल एक लड़की और उसके कुनबे के निर्वासन की कहानी है जिनके लिए न तुर्की में जगह है, न यूनान में और न फ्रांस में। यूनान से भगाये जाने के बाद वे समुद्र में रहा करेंगे और एक बंदरगाह से दूसरे बंदरगाह गाते-बजाते घूमा करेंगे, यह कहकर वे समंदर में जहाज़ डाल देते हैं। देशों के पास उनके लिए जगह नहीं है—कि जैसे कहीं जाने या बसने के लिए संगीत का होना या मनुष्य होना भर ही पर्याप्त न हो।

'जिधर कुछ नहीं' में निर्वासन का संताप तो है ही, उसका प्रत्याख्यान भी है, और अनिश्चित समुद्र में नाव उतार देने की कारगुज़ारी—संगीतवान् होने और मनुष्य होने के पहचान पत्र को लहराते हुए!

–देप्रमि

इस कविता की किताब का मुखावरण और पृष्ठावरण **हेम ज्योतिका** ने बनाया है। किताब में प्रयुक्त अन्य चित्र भी उनके बनाये हैं। दिल्ली कॉलेज ऑफ़ आर्ट से कला की विधिवित् पढ़ाई करने के बाद से जो काम वह कर रही हैं, उसमें हमारे समय की राख़ और चोटों के निशान ख़ूब दिखते हैं। बहुधा पुरस्कृत ज्योतिका के काम दुनिया के अन्य देशों में भी जैसे बुल्गारिया, चीन, इंग्लैंड, इटली, तायवान, संयुक्त राज्य अमेरिका, कनाडा वग़ैरह में देखे गये हैं और समादृत हैं। रंग, चारकोल, एक्रिलिक, स्याही, प्रिंट, पेंसिल, कबाड़ जैसे तरह तरह के माध्यमों के ज़रिये ख़त्म की जाती लेकिन बचती हुई दुनिया के आभास और आहटें उनके आकारों में हैं। स्त्री को क़ैद करने वाले तंत्र को वह पहचानती हैं और नष्ट होती मनुष्यता और प्रकृति का एक विचलित करने वाला वातावरण और दृश्य प्रस्तुत करती हैं जहाँ हलकान देह और मनुष्य की थकान के बिंब अलक्षित नहीं रह जाते। बाज़ार से लापरवाह, तेजस्वी और सतत विपक्ष ज्योतिका ने यातना और विडंबना के भारतीय दृश्यों से अपनी नज़र नहीं हटायी और यहाँ से वहाँ पहुँचा देने वाले व्यावसायिक प्रवाह में अपने को फेंक नहीं दिया। दृढ़ रहने की यह ज़िद, करुणा का गहरा बोध और सृष्टि को लेकर उन्हें घेरता विस्मय उनके चित्रों में अनुस्यूत है। इसीलिए वह देवी की कविता की संगत में हमक़दम रहते हुए बाज़ दफ़ा आगे भी निकल जाती हैं।

इस किताब के मूर्तिशिल्प **उद्भव मिश्र** के हैं जिन्होंने दिल्ली कॉलेज ऑफ़ आर्ट से कला की पढ़ाई की। वह हमारे समय की प्रतिहिंसा और उससे उत्पीड़ित चेहरों को अपने आकारों में लाते रहते हैं। इस बीच वह सोशल डिज़ायन में उत्तर स्नातक की पढ़ाई आंबेडकर विश्वविद्यालय, नई दिल्ली से कर रहे हैं।